Dieses Buch gehört:

In der Reihe »Flüsterwald« sind bislang erschienen:

Flüsterwald – Staffel I

Band 1: Das Abenteuer beginnt
Band 2: Der verschollene Professor
Band 3: Durch das Portal der Zeit
Band 4: Der Schattenmeister erwacht

Flüsterwald – Staffel II: Eine neue Bedrohung

Band 1: Der verborgene Meisterschlüssel
Band 2: Die versteinerten Katzen
Band 3: In den Fängen der Zauberin
Band 4: Der letzte Funken Magie

Band 1 von Staffel III erscheint im Herbst 2024!

FSC® www.fsc.org
MIX
Papier | Fördert gute Waldnutzung
FSC® C014496

1. Auflage 2024

ISBN 978-3-7641-5232-1

Übereinstimmungen und Ähnlichkeiten mit lebenden Personen oder Familien sind rein zufällig und nicht beabsichtigt.
Lektorat: Kathleen Neumann
Umschlag- und Innenillustrationen: Timo Grubing
Satz: Malte Ritter, Berlin

Druck und Bindung: GGP Media GmbH, Pößneck
Gedruckt auf Papier aus geprüfter nachhaltiger Forstwirtschaft.
www.ueberreuter.de.

Andreas Suchanek

Flüsterwald

Eine neue Bedrohung

Buch 4:
Der letzte Funken Magie

Mit Illustrationen
von Timo Grubing

ueberreuter

Lukas (Mensch)

* Leseratte und Abenteurer
* muss sich in einer neuen Stadt zurechtfinden
* seine Familie hat keine Ahnung vom Flüsterwald oder von Magie

Ella (Mensch)

* lässt sich von niemandem aufhalten
* liebt ihren Großvater über alles
* hat viel in der Theater-AG gelernt

Felicitas (Elfe)

* zaubert gerne (was nicht immer klappt wie geplant)
* fühlt sich im Internat einsam und unternimmt deshalb öfter (verbotenerweise) Streifzüge

Punchy (Katze)

* heißt mit vollem Namen: Pedora Ulinde Naftet von Chibalka
* Aufpasserin von Felicitas
* hat Nerven aus Stahl

Rani (Menok)

* Nachwuchsautor, forscht über Menschen
* spielt für sein Leben gerne und ist schokoladensüchtig

Inhalt

Prolog

Der Wind im Flüsterwald hatte aufgefrischt, die Äste der Bäume wogten hin und her. Ringsum verschwand die Magie. Die Schöpfungsapparatur befand sich im Wald und sog die Magie unaufhörlich auf.

Überall plätscherte es, als die Angreiferkatzen aus den Katzenlinien sprangen. Sie waren über die unterirdische Wasserverbindung der alten Pfade hierhergekommen, um ihren Auftrag zu vollenden.

Zottelfell grinste zufrieden. Der Plan mochte unterwegs Rückschläge erlitten haben, aber am Ende fügte sich alles zusammen. Das Spiel um den letzten Funken Magie war fast gewonnen.

Nur ein Ort leistete noch Widerstand: die Herzburg. Hier

lebte die letzte Waldseele, die noch existierte, und zögerte das Unvermeidliche hinaus. Dennoch würden nach und nach alle Wesen des Flüsterwalds versteinern, ihrer Magie beraubt. Am Ende würde nichts übrig bleiben – bis auf ein paar Ruinen und Nebel.

»Und da sage noch einer, ich wäre nicht gründlich.« Zottelfell schnurrte zufrieden.

Immer mehr Katzen tauchten um ihn herum auf.

Die Luft zitterte und Zottelfell blickte nach oben. Weit über ihnen schwebte ein riesiger Felsbrocken, auf dem irgendein Flüstervolk lebte. Er konnte ihre Magie bis hierher spüren. Doch wenn die Schöpfungsapparatur weiter die Magie abzog, würde der Felsbrocken vom Himmel herabstürzen.

Unweigerlich musste er an die Himmelsstädte mit den Marktplätzen darauf denken. Diese besaßen eine Sicherung, die sie langsam zu Boden schweben ließ. Zu schade, dass es sich bei dem Felsen der Zauberschwingen nicht genauso verhielt.

»Das wird einen ziemlichen Knall geben«, dachte Zottelfell grimmig.

Die Erde würde bersten, eine Druckwelle entstehen. Er korrigierte in Gedanken seine erste Einschätzung: Vom Flüsterwald würden noch nicht einmal mehr Ruinen bleiben. Die Wucht der Druckwelle würde durch die Straßen fegen und alles in Schutt und Asche legen. Er liebte das Chaos.

Ein vielstimmiges Maunzen verkündete, dass die Angreiferkatzen vollständig angekommen waren. Sie waren in Katzen verwandelte Wesen, die ihre Sprache vergessen hatten, und wussten nicht einmal mehr, wer sie in Wahrheit waren.

Meerjaner nämlich.

»Heute bringen wir zu Ende, was vor langer Zeit begonnen hat.«

Die Worte entschlüpften Zottelfell und er blickte sich schnell um, um sicherzugehen, dass ihn niemand gehört hatte. Gut, er stand allein auf einem etwas erhöhten Felsen. Die Katzen, die sich rundherum versammelt hatten, leckten sich das Fell und schärften ihre Krallen. Einige schauten sehnsüchtig in die Richtung, wo sich der See befand, der zum Reich der Meerjaner führte.

Es wurde Zeit.

Zottelfell brüllte: »Auf zur Herzburg!«

Und die Angreiferkatzen setzten sich in Bewegung.

Der Hilferuf

Lukas

Die Freunde standen im Thronsaal der Herzburg, während im gesamten Flüsterwald immer mehr Chaos ausbrach. Das Herz des Waldes projizierte ein flimmerndes Bild in die Luft, das die Zustände außerhalb der Herzburg zeigte. Entsetzt blickten Lukas, Ella, Rani, Punchy und Felicitas sowie die Beschützer des australischen Flüsterwalds auf die Szenen, die sich vor ihren Augen entfalteten: Angreiferkatzen hatten den Flüsterwald erreicht. Gleichzeitig versteinerten immer mehr Wesen; die Schöpfungsapparatur arbeitete daran, sämtliche Magie aufzusaugen. Und hoch oben in der Luft erzitterte der gewaltige Felsen, auf dem das Volk der Zauberschwingen lebte, und drohte auf sie alle herabzustürzen.

Lukas wurde bei dem Anblick wütend. Gemeinsam mit Ella, Zoe, Noah, Felicitas, Rani, Punchy und Dundi war es ihm zuletzt gelungen, der bösen Zauberin im australischen Flüsterwald die Apparatur zu entwenden. In Wahrheit war jedoch genau das der Plan der Zauberin gewesen. Sie *wollte*, dass sie die Schöpfungsapparatur hierherbrachten. Dadurch war Ellas Großvater versteinert worden und die Freunde nur knapp einer Versteinerung entgangen. Bald würde es sämtliche Wesen des Flüsterwalds treffen. Und am Ende konnte die Zauberin auch ihnen die Kräfte stehlen, sie zu Stein werden lassen.

»Ich habe einen Hilferuf an Felinde von Siebenstern gesandt«, flüsterte die violette Kugel aus Magie, mit der das Herz des Waldes sich manifestierte. »Sie wird weitere Unterstützung holen und vor die Herzburg teleportieren.«

Was auf lange Sicht natürlich nicht half. Die Schöpfungsapparatur würde jeden einzelnen Verteidiger einfach in eine steinerne Statue verwandeln. Und ganz am Ende würde der Felsen der Zauberschwingen auf sie herabfallen.

»Wir müssen etwas tun.« Ella stand neben Lukas, das Gesicht kreidebleich.

Lukas hätte gerne ein paar aufmunternde Worte gesagt, doch ihm wollten einfach keine einfallen. Bisher hatten sie jedes Mal einen Weg gefunden, der sie aus dem Schlamassel herausführte. Eine mögliche Lösung für das Problem.

Rani hatte seine kleinen Menok-Ohren nach unten geklappt und blickte mit großen Augen auf den glühenden Felsen, der sich in dem flimmernden Bild vor ihnen abzeichnete. »Das ist nicht lustig.« Gefangen in einem aktuellen Humor-Schub, fand der Menok schlicht alles witzig. Hier versagte wohl selbst das.

Felicitas hatte sich eng an ihre Aufpasserin, die Katze Punchy, gedrückt und strich ihr über das Fell. Ihre Nähe gab ihr Kraft und in diesem Augenblick beneidete Lukas sie darum.

»Würdest du es schaffen, mit deiner Magie den Felsen der Zauberschwingen in der Luft zu halten?«, fragte Ella an Zoe gewandt.

Die Beschützerin des australischen Regenwaldes war in der Lage, Sturmmagie zu wirken. Sie trug Jeans und ein ärmelloses Top. An ihrem Hals hing die Kette mit den verschiedenfarbigen Holzkugeln, über die sie mit den anderen Beschützern kommunizieren konnte. »Ich kann zwar ein oder zwei Menschen mithilfe von Windmagie fliegen lassen, aber der Felsen hat zu viel Gewicht.« Die Worte fielen Zoe schwer, das sah Lukas ihr an.

Das Mädchen war selbst wie ein Sturm: stark und wuchtig, dazu bereit, jederzeit loszutoben. Ganz anders als ihr Bruder Noah.

Der Junge, durch dessen Adern das Blut der Ureinwohner des australischen Kontinents floss, stand neben ihr. Er steckte in Jeans und T-Shirt, das mit Schnüren am Kragen versehen war. Die Holzperlen, die zur Kommunikation dienten, trug er an einem Lederarmband am linken Handgelenk. »Es gibt immer eine Lösung.« Er war gelassen und in sich ruhend, wie ein Stein im Wasser, ließ sich von all dem Chaos ringsum nicht verunsichern. »Wenn unsere Magie nicht ausreicht, benötigen wir eben Unterstützung.«

Zoe nahm seinen Blick auf. »Die anderen?«

Noah nickte. »Die Zauberin hat Ella und mir berichtet, dass sie die Beschützer der Wälder bis ganz zum Schluss aufheben will. Das könnte bedeuten, dass unsere Freunde von der Versteinerung bisher verschont worden sind.«

»Oh ja, lasst uns die anderen Beschützer rufen!« Dundi hopste aufgeregt auf und ab, wobei sein regenbogenfarbiger Bauch leuchtete.

Das australische Gürteltier war ein magisches Wesen mit allerlei Fähigkeiten. Unter anderem konnte er einfach durch festes Material spazieren. Er und Rani verstanden sich blendend.

»Ihr wollt die anderen Beschützer hierherholen?«, schaltete sich Felicitas ein. »Aber wie?«

Kurz herrschte Stille im Thronsaal, als alle in Nachdenken versanken.

»Den Kontakt herzustellen, ist nicht schwer«, sagte Zoe. »Wir können sie über die Perlen rufen. Die Frage ist nur, wie sie zu uns gelangen. Die Blinzelbahnverbindung zu den anderen Wäldern ist ja versiegelt.«

»Das können wir erledigen!«, rief Ella.

Sie selbst verfügte über Blinzelmagie und konnte damit die Passage zu den fernen Wäldern öffnen. Lukas wiederum vermochte es, Siegel zu erschaffen und aufzulösen – sogar Kraftfelder konnte er aufbauen oder Risse in bestehenden erwirken. Er fand das ziemlich cool und hatte beschlossen, seine Fähigkeit zu Hause viel öfter auszuprobieren.

»Die Blinzelbahnverbindungen sind noch da, das wissen wir«, sagte Ella. »Andernfalls hätte die Zauberin sie ja gar nicht versiegeln müssen.«

Das Herz waberte zustimmend auf. »Erst wenn die Wälder vergehen, verschwinden auch diese Verbindungen. Sie sind wie Adern, die die Flüsterwälder durchziehen und

Magie an alle Orte transportieren. Und natürlich ermöglichen sie das Reisen.«

Sie hatten festgestellt, dass diese Verbindungen in jedem Wald anders aussahen, sich anders anfühlten. Im Katzenwald gab es keine Blinzelbahn, dort waren es Katzenlinien. Im australischen Flüsterwald befanden sich Traumzeitpfade: Man musste schlafen, um von einem zum anderen Ort zu wechseln.

»Könnt ihr über eure Perlen feststellen, wie viele andere Beschützer erreichbar sind?«, fragte Lukas.

Noah verneinte. »Wir können an alle einen Notruf aussenden. Aber einige werden zu dieser Zeit in der Schule sein, weil bei ihnen Tag ist. Oder sie sind gerade mit ihrer Familie irgendwo im Urlaub. Wieder andere kommen vielleicht gar nicht mehr rechtzeitig zu einer der Verbindungen, weil sie weiter entfernt liegt.«

»Wir müssen es einfach probieren«, sagte Zoe. »Während sich die Verteidiger vor der Burg sammeln, holen wir Unterstützung bei den Beschützern. Und dann müssen wir uns dringend überlegen, wie wir die Zauberin endgültig aufhalten können.«

Lukas musste zugeben, dass Zoes positives Denken sich auf ihn übertrug. Wenn es ihnen gelang, die Herzburg zu sichern, konnten sie eine Atempause erringen und währenddessen herausfinden, wie sie die böse Zauberin aufhalten konnten. Immerhin wussten sie endlich, dass sie eine Meerjanerin war.

»Das ist ein guter Plan«, stimmte das Herz des Waldes zu. »Die ersten Elfen treffen bereits vor der Burg ein. Trotzdem solltet ihr euch beeilen.«

Gemeinsam rannten sie aus dem Thronsaal und hinunter zur Blinzelbahnverbindung, die sich im Keller der Burg befand. Rani saß auf Lukas' Schulter und zwirbelte an seinen Haaren herum – vermutlich zauberte er ihm wieder ein paar Zöpfchen. Felicitas surrte durch die Luft, Punchy glitt auf Samtpfoten dahin.

Sie stellten die Bahn auf ihr Ziel ein, bedachten sie mit dankenden Worten und blinzelten sich zu dem Knoten für die fernen Wälder. Bis vor wenigen Wochen hatte Lukas nicht einmal gewusst, dass es mehr als einen Flüsterwald gab. Doch wie sich herausstellte, gab es noch viele weitere zu entdecken.

»Wir senden den Notruf aus«, verkündete Zoe.

Beide Geschwister berührten eine bestimmte Perle, die leicht rot eingefärbt war. Da sie nicht sprachen, bekam Lukas darüber hinaus nichts weiter davon mit. Ella hielt allerdings die Augen geschlossen, als würde sie hinaus in die Verbindungen lauschen.

»Noch kannst du niemanden herblinzeln«, erklärte Noah. »Wenn wir eine Rückmeldung über die Perlen bekommen, muss Lukas erst das Siegel öffnen. Vorher kann niemand über die Blinzelbahn hierherreisen.«

»Ich weiß«, sagte Ella. »Aber du hast gesagt, meine Magie wird sich weiterentwickeln, wenn ich sie oft einsetze. Wie bei Lukas. Deshalb erfühle ich sie, so oft ich kann.«

Noah wirkte beeindruckt. »Guter Plan!«

»Da!«, rief Zoe. »Ich habe kurz etwas gespürt, ein Aufblitzen. Aber es kam nur schwach durch. Verdammt, ich konnte nicht richtig wahrnehmen, woher.«

Die Zauberin hatte wirklich ganze Arbeit darin geleistet, die Flüsterwälder der Länder untereinander zu isolieren. Einzeln stellten sie keine Gefahr dar, nur gemeinsam konnten sie sich ihr widersetzen.

»Soll ich einfach anfangen, Siegel zu öffnen?«, überlegte Lukas laut.

»Das sind zu viele«, sagte Noah, nachdem er kurz darüber nachgedacht hatte. »Und es könnte passieren, dass du eines öffnest und es sich dann bereits wieder schließt, bevor einer unserer Freunde dort ankommt. Wir müssen zuerst wissen, woher die Antwort kam.«

Zoe hielt ihr Halsband mit beiden Händen umschlossen. Auch sie schien auf etwas Unhörbares zu lauschen. »Da war es wieder. Dieses Mal habe ich es.« Ein Grinsen legte sich auf ihr Gesicht. »Es ist Jacub.«

Noah wandte sich sofort Lukas zu. »Er ist Beschützer des tschechischen Flüsterwalds.«

Ella und Lukas ergriffen sich an der Hand. Ella spürte hinaus und tastete sich voran zum tschechischen Flüsterwald, Lukas ließ seinen Geist über das Siegel gleiten.

»Ich kann es vor mir sehen«, erklärte er.

Es war stets ein seltsames Gefühl. Sein Körper stand noch immer in der unterirdischen Halle beim Blinzelknoten für die fernen Wälder. Doch um ihn herum breitete sich etwas anderes aus. Unzählige Wege, die zu fernen Flüsterwäldern führten, wie Häuser in einer Stadt. Der heimische Wald war eines davon, aber es gab so viele mehr da draußen. Und jedes sah völlig anders aus. In der Ferne konnte er den Uluru, den roten Felsen, ausmachen, dort waren sie bereits gewesen, er war das Symbol für Australien.

Der tschechische Flüsterwald sah aus wie eine steinerne Brücke, die auf mehreren Säulen ruhte. Darunter schwappte Wasser. Lukas ertastete das Siegel und öffnete es. Er konnte gar nicht richtig sagen, wie er es tat. Magie beruhte auf Gefühl, zumindest seine. So hatte er auch im Kampf gegen den dunklen Magier das Siegel geschlossen gehalten, dass zum Schattenwald führte.

Ein leuchtender Riss tat sich auf.

Kurz darauf blitzte das Bild eines Jungen vor ihm auf. Der erste Beschützer war auf dem Weg.

Und Lukas war sich sicher, dass weitere folgen würden.

Beschützer, versammelt euch!

Lukas

Der Junge purzelte aus der Blinzelverbindung.

»Jacub!« Noah half ihm auf und zog ihn in eine Umarmung.

»Hey Leute, ihr habt mir voll Angst gemacht.« Er grüßte reihum. »Was ist passiert? Und wieso ist der tschechische Flüsterwald plötzlich aus Stein?«

Noah übernahm es, Lukas, Ella, Felicitas, Punchy und Rani vorzustellen. Er erklärte kurz, was geschehen war, beschränkte sich aber auf das Wesentliche, um keine Zeit zu verlieren.

Jacub war ein schlaksiger Junge mit hellbraunem Wuschelhaar. Er trug eine Brille, Pullover, weite Jeans und Chucks. Das Spannendste aber war die schmale Umhängetasche aus festem Stoff. Es war Rani, der sofort auf diese zueilte. »Da drinnen ist Magie.«

»Stimmt.« Jacub grinste über das ganze Gesicht. »Du bist ja knuffig.«

»Ich bin vor allem witzig«, erklärte der Menok. »Aber das merkst du noch.«

Bevor Jacub erklären konnte, was in der Tasche oder gar seine magische Fähigkeit war, zuckte Zoe zusammen. »Ich habe ein weiteres Signal empfangen. Es kommt aus … Indien.«

»Das ist Ajala«, erklärte Noah.

Lukas und Ella ergriffen sich erneut an den Händen. Die Umgebung verschwand und kurz darauf erblickte Lukas ein schwebendes Symbol in der Luft. Es bestand aus geschwungenen Linien und Punkten.

»Das Om-Zeichen«, murmelte Ella. »Es symbolisiert den Übergang zwischen Wachbewusstsein, Träumen und tiefem Schlaf. Die Verbundenheit des Seins.«

»Können wir auf jeden Fall gebrauchen«, flüsterte Lukas. Er öffnete das Siegel.

Kurz darauf kam ein Mädchen aus der Blinzelbahnverbindung gesprungen, rollte sich ab und kam auf die Beine.

»Wie habt ihr das geschafft? Seit Tagen versuche ich, dieses verdammte Siegel zu öffnen und Hilfe zu holen!«

Ajala strich ihr schwarzes Haar glatt, das bis zur Hüfte ging. Sie trug bestickte Kleidung und besaß sanfte Augen. »Wo sind wir hier?«

Dieses Mal gab Zoe eine kurze Zusammenfassung und ergänzte, über welche Fähigkeiten Lukas und Ella verfügten. Dadurch erfuhr Ajala, wie das Siegel geöffnet worden war.

Danach warteten sie. Gerade, als sie aufgeben wollten, gab es ein weiteres Signal.

»Das ist David«, erklärte Noah, wobei er das ›a‹ im Namen wie ein ›ä‹ aussprach. »Er kommt aus Amerika.«

Wieder begaben sich Lukas und Ella gedanklich zum Siegel. Dahinter erhob sich die Freiheitsstatue, die Lukas von zahlreichen Postkarten und aus Filmen kannte.

Kaum war das Siegel geöffnet, schoss David heraus. Er kam auf der Plattform an, riss die Arme in die Höhe und blickte sich mit wildem Blick um, als würde er angegriffen.

»Wir sind es!«, rief Noah schnell. »Alles ist gut.«

David ließ die Arme sinken. Die Panik in seinen Augen legte sich. Er trug kurze Hosen und einen Hoodie, seine Beine wiesen zahlreiche Schrammen auf. Das rotblonde Haar wirkte, als sei er damit in einer Flugzeugturbine gelandet. Seine Statur war eher bullig. »Noah? Zoe?« Er blinzelte. »Ajala?«

»Was ist passiert, David?«, fragte das indische Mädchen.

»Ich habe versucht, sie aufzuhalten. Aber es hat nichts genützt, unsere Waldseele ist versteinert. Und dann haben sie mich bis gestern gejagt. Habe mich versteckt. Als euer Notruf kam, bin ich zur Verbindung für die fernen Wälder gesprintet.« Er rieb sich die Augen. »Es waren riesige Katzen. Sie haben meine Fähigkeit gegen mich verwendet, es war eine Falle. Ich wurde magisch dazu gezwungen, mich in eine Maus zu verwandeln.«

Noah keuchte entsetzt auf. »Das ist ja übel. Aber du konntest entkommen.«

»Ich verwandle mich nie wieder in eine Maus.« David verschränkte die Arme und blickte zu Boden.

Lukas sah den Beschützer des amerikanischen Waldes staunend an. Anscheinend konnte David sich in Tiere verwandeln. Lukas selbst hatte bereits zweimal eine Tierverwandlung am eigenen Leib erfahren. Einmal mithilfe von magischen Krallen, die Ella und ihn zu Pantherkatzen hatten werden lassen. Ein anderes Mal ausgelöst durch einen Wandeltrank, mit eher negativen Folgen. Nur knapp war es Ella und ihm gelungen, sich wieder in Menschen zurückzuverwandeln. Sie hatten erfahren, dass es genau jener

Wandeltrank war, den auch die böse Zauberin eingesetzt hatte, um die Meerjaner in Katzen zu verwandeln. Sie wurden aggressiv, verlernten das Sprechen und vergaßen, wer sie einmal gewesen waren.

Erneut war Lukas beeindruckt von der Magie im Flüsterwald, die dafür sorgte, dass sie sich alle untereinander verständigen konnten. Jeder sprach einfach in seiner eigenen Sprache und dennoch konnten sie sich alle gegenseitig verstehen. Zumindest, solange es noch Magie gab.

Nachdem Zoe noch eine Weile mithilfe ihrer Kontaktperlen gelauscht hatte, schüttelte sie den Kopf. »Ich glaube nicht, dass sich in den nächsten Minuten noch jemand meldet. Wir dürfen nicht länger warten.«

Noah nickte und setzte die anderen zügig über die Ereignisse der vergangenen Tage ins Bild: Von der Unterbrechung der Blinzelbahnverbindungen zwischen den Flüsterwäldern, der gestohlenen Schöpfungsapparatur und dem Abzug der Magie, den Versteinerungen sowie schließlich der Identität der Zauberin – oder zumindest ihrer Zugehörigkeit zu den Meerjanern.

»Alles oder nichts also«, sagte Ajala. »Dann sollten wir uns dieser Gefahr gemeinsam stellen. Wir kämpfen um das Schicksal aller Flüsterwälder.«

»Aber kämpfen allein reicht nicht«, meldete sich Ella

zu Wort. »Selbst wenn es uns gelingen sollte, die Zauberin aufzuhalten – wie bekommen wir die gestohlene Magie zurück? Wie verwandeln wir die Katzen wieder in Meerjaner? Außerdem haben Noah und ich die Zauberin gesehen, als sie ihren giftigen Nebel entfernt hat. Sie schwimmt in irgendeinem brackigen Wasser, das ist total eklig. Sie sah nicht gesund aus.«

»Du schlägst jetzt aber nicht vor, dass wir sie heilen und sie dann die letzte Magie stehlen lassen, oder?«, fragte David. »Ich habe noch eine Rechnung mit den Katzen offen.«

»Sie sind nicht böse«, schaltete Punchy sich ein. »Es sind nicht einmal Katzen, vergiss das nicht. Der Trank hat sie in ihrem Wesen verändert.«

Jacub schnippte mit dem Finger. »Hier kann ich vielleicht helfen.« Auf den fragenden Blick von Lukas hin erklärte er: »Ich bin Spezialist für Zaubertränke. Es reicht, wenn ich sie berühre, und sofort kann ich sie reproduzieren oder ein Gegenmittel entwickeln.« Er tätschelte seine Tasche. »Da sind ein paar Basistränke drin, die ich immer dabeihabe.«

»Cool«, sagte Lukas.

Möglicherweise konnte ihnen Jacubs Fähigkeit wirklich weiterhelfen. Immerhin war es ein Trank gewesen, der die Meerjaner verändert hatte. Leider hatten Zottelfell und seine Angreiferkatzen ihnen die einzige Phiole mit dem Wandeltrank entwendet, die hinter dem geheimen Regal im Studierzimmer des Professors verborgen gewesen war. Doch sollte Jacub noch einmal den Wandeltrank in die Finger bekommen, könnten sie daraus ein Gegenmittel herstellen. Lukas speicherte den Gedanken für später ab.

Jetzt mussten sie sich zuerst um die unmittelbare Gefahr kümmern und irgendwie verhindern, dass auch die letzte Waldseele und der letzte Flüsterwald versteinerten. Und dafür benötigten sie eine starke Verteidigung und vor allem eine gute Strategie.

»Wisst ihr noch, was merkwürdig war, als wir bei euch im australischen Flüsterwald waren?«, sagte Lukas. »Um uns vor den Katzen zu retten, haben wir Zuflucht in eurem Hauptquartier unten auf dem Grund des Sees gesucht. Im Wasser schwammen alle möglichen magischen Fische herum, aber kein einziger von ihnen war versteinert. Ich hatte mich damals gefragt, ob der Magieentzug unter Wasser schlechter wirkt, doch jetzt ist es mir klar geworden. Die Zauberin hat die Meerjaner natürlich nicht versteinert. Unter Wasser ist alles noch wie zuvor.«

»Du willst hinabtauchen, um in der Stadt der Meerjaner nach Antworten zu suchen«, schloss Ella sofort. »Wenn du Pech hast, wirst du sofort angegriffen.«

»Das Risiko müssen wir eingehen.« Lukas zuckte mit den Schultern. »Oder hast du eine bessere Idee?«

Ella schüttelte den Kopf und schließlich mussten auch die anderen Lukas recht geben. Die Herzburg zu verteidigen, würde allein nicht ausreichen. Es brachte ihnen etwas Aufschub, doch das war es auch schon. Sie könnten noch so viele Flüsterwaldwesen zur Verteidigung herbeirufen, irgendwann hätte die Schöpfungsapparatur die letzte Magie aufgesaugt und sie hätten den Angreiferkatzen nichts mehr entgegenzusetzen. Es musste einen anderen Weg geben, um die böse Zauberin aufzuhalten. Ein Ausflug zu dem Ort, von dem sie stammte, wo alles begonnen hatte, brachte sie hoffentlich auf eine Lösung.

Sie beschlossen, sich in zwei Gruppen aufzuteilen. Eine sollte den Flüsterwaldwesen zur Seite stehen, die die Herzburg verteidigten. Die andere Gruppe würde hinabtauchen zu den Meerjanern und nach Informationen suchen, die ihnen helfen konnten, die Zauberin zu besiegen.

Ella würde gemeinsam mit Noah, Zoe, Felicitas, Punchy, Ajala und David die Herzburg verteidigen. Gerade Noah mit seinen Blitzen und David mit seiner Fähigkeit, sich in Tiere zu verwandeln, konnten dort eine Menge bewirken.

Lukas würde mit Rani, Dundi und Jacub die Meerjaner aufsuchen. Ein kleines, schlagkräftiges Team.

»Ich liebe Badeausflüge«, sagte Rani.

»Hast du nicht mal gesagt, dass du Wasser hasst?«, entgegnete Lukas. »Du wolltest damals nicht mit in den See.«

»Ich liebe *lustige* Badeausflüge. Und der hier wird lustig, das weiß ich.«

Immerhin hatte der Menok keine Löffel mehr, die er ständig zusammenschlagen konnte, dachte Lukas erleichtert. Das hatte Rani eine Zeit lang nämlich auch sehr lustig gefunden, auf Kosten von Lukas' Nerven.

»Nette Zöpfe«, sagte Jacub, als sie sich auf den Weg machten.

Lukas stöhnte genervt auf.

Rani kicherte.

Verteidiger der Herzburg

Ella

Die Blinzelbahn brachte Ellas Team zurück zur Herzburg. Es rannte in den Thronsaal, wo die Waldseele bereits wartete. Ella stellte die Neuankömmlinge vor.

»Es freut mich sehr, euch kennenzulernen, Ajala und David. Auch wenn ich mir wünschen würde, die Gründe dafür wären angenehmer. Leider hatte ich selbst lange Zeit keinen Kontakt zum Seelenbund und zu den anderen Flüsterwäldern.«

Das Mädchen und der Junge wechselten einen kurzen Blick. »Die anderen Seelen haben kaum von dir gesprochen, wir wussten nur, dass vor einiger Zeit etwas Schlimmes geschehen ist, was ›die dunklen Jahre‹ genannt wurde. Aber damals gab es wohl noch in keinem der Flüsterwälder Menschen, die zu Beschützern des Waldes ernannt worden waren.«

»Das ist richtig. Und unter anderen Umständen würde ich euch alles erzählen, doch unsere Zeit ist begrenzt.« Das Herz pulsierte leuchtend. »Felinde von Siebenstern ist mittlerweile mit ihren Elfenkriegern eingetroffen, ebenso die Teekinder. Auch eine Gruppe Wokkeliks.«

»Die Wokkeliks«, sagte Felicitas. »Aber die würden niemals kämpfen.«

»Stimmt«, bestätigte Punchy. »Doch es sind wunderbare Streitschlichter. Wenn sie anfangen, mit dir zu kuscheln, verraucht jede Wut. Wobei wir damit allein vermutlich nicht die Angreiferkatzen bezwingen werden.«

Ella konnte sich nur schwer vorstellen, dass Zottelfell sich von einem Wokkelik – die flauschigen Wesen sahen aus wie Koalabären, nur größer – knuddeln ließ. Er würde wohl seine Krallen einsetzen. Kein schöner Gedanke. »Wen können wir denn noch herbeirufen?«

»Die Warks sind aufgrund ihrer starken und reinen Magie alle bereits versteinert«, erklärte das Herz des Waldes. »Ich habe einen Hilferuf an die Schattenmeisterin Frau Stein geschickt, doch ob er sie erreichen konnte, bleibt ungewiss. Die Stollenzwerge befinden sich auf dem Weg hierher, doch große Teile des Waldes sind leider schon von der Versteinerung betroffen.«

Letztlich, das wusste Ella, konnten sie sich durch das Aufgebot an Verteidigern nur zeitlichen Aufschub erkaufen.

»Ich fliege hinaus zu meiner Mutter«, verkündete Felicitas. »Sie soll wissen, dass ich ebenfalls hier bin. Aber davor zaubere ich euch, Noah, Zoe, Ajala und David, noch Elfenohren, damit ihr ebenso wie Ella als Späher durchgeht, die gerade aus dem Menschenreich zurückkommen und sich noch nicht komplett zurückverwandelt haben.« Elfenstaub flirrte. »Die Warks sind zwar nicht da, doch auch die anderen Bewohner haben Angst vor den Menschen.«

Als jeder spitze Ohren aufwies, schoss sie davon, Punchy ihr hinterher.

»Wir sollten uns mit dem Gelände vor der Herzburg vertraut machen.« Noah deutete zur Tür. »Am besten teilen wir uns auf und jeder übernimmt einen Abschnitt.«

Kurz darauf eilten Noah, Zoe, Ajala und David hinaus, nur Ella blieb in Gedanken versunken zurück.

»Viel Erfolg!«, rief sie ihnen nach. Schließlich stand sie allein unter der wabernden leuchtenden Kugel, als die sich die Waldseele manifestierte.

»Geht es dir gut?«, fragte das Herz des Waldes. »Ich kann

ein Echo in dir spüren, das dich aus dem Gleichgewicht bringt.«

Zuerst wollte Ella es abstreiten und sagen, dass alles in Ordnung war. Doch die Wahrheit sah anders aus. »Sie hat mich einfach so entführt. Ich kam mir so machtlos vor, gefangen am anderen Ende der Welt.« Ihre Schultern sanken herab.

»Das ist verständlich und würde jedem so gehen.« Die Waldseele schwebte ein wenig näher, ihr warmer Schein drang bis in Ellas Innerstes vor. »Was die Zauberin dir angetan hat, ist unentschuldbar. Jedes Wesen auf dieser Welt verdient seine Freiheit. Dir wurde sie gewaltsam genommen und das hinterlässt seine Spuren.«

»Aber … ich will mich nicht so fühlen!« Ella ballte die Fäuste. »So schwach.«

»Du bist nicht schwach, ganz im Gegenteil. Allein, dass du dir dieses Gefühl eingestehst, erfordert eine große Stärke. Es gibt Menschen, auch Erwachsene, die ihre Aufmerksamkeit ein Leben lang nur nach außen richten. Dabei verpassen sie es, in ihr Inneres zu lauschen. Sich mit dem zu beschäftigen, was das eigene Herz begehrt, was die Seele leuchten und Wunden heilen lässt. Vergiss das nie! Sprich mit deinen Freunden, redet über eure Erlebnisse. Du musst das nicht mit dir allein ausmachen, Ella. Natürlich bin auch ich immer für dich da und ich denke, dass es sich mit deiner Mutter ebenso verhält.«

Beim Gedanken an ihre Mutter lächelte Ella, dennoch überkam sie eine neue Unruhe: Was musste sie für Sorgen ausstehen! Ganz Winterstein suchte nach ihr und gleichzeitig ahnte niemand, dass eine magische Gefahr sie bedrohte, die alles zerstören könnte.

Auch wenn das Gespräch mit dem Herz des Waldes nur kurz gewesen war, merkte Ella, wie sie sich wenig später besser fühlte. Sie hatte ihren Schmerz in Worte gepackt und das Herz hatte ihr zugehört. »Danke.«

»Ich werde stets ein offenes Ohr für dich haben.«

Natürlich bestand die Waldseele lediglich aus magischer Energie, doch Ella verstand, was sie damit sagen wollte. Sie würde auf jeden Fall mit Lukas und den anderen über ihre Erlebnisse sprechen, aber zuerst mussten sie dafür sorgen, dass die Zauberin zurückgetrieben wurde und der Flüsterwald überlebte.

»Was wirst du tun?«, fragte Ella.

»Ich muss meine ganze Magie einsetzen, um den Sturz des Felsens zu verlangsamen. Die Zauberschwingen wirken ebenfalls mit, um den Absturz zu verhindern«, erwiderte das Herz. »Doch es wird schwerer. In den nächsten Stunden werde ich vollkommen damit beschäftigt sein und so ist es mir nicht möglich, euch bei dem Kampf vor der Burg zu unterstützen.«

»Ich verstehe. Du sorgst dafür, dass uns kein riesiger Felsbrocken auf den Kopf fällt, und wir stellen uns den Krallen der Angreiferkatzen.« Ella strebte dem Ausgang zu.

»Ich danke dir, für deinen Einsatz, Ella Simbach! Wie dieser Kampf auch ausgehen mag, ihr habt schon jetzt so viel getan. Deine Stärke wird nie vergessen werden.«

Damit stieg die violette Lichtkugel in die Höhe und verblasste. Eine Art Schatten blieb zurück, doch der Rest der Seelensubstanz wechselte in einen durchscheinenden Zustand.

»Dann liegt es jetzt wohl an uns«, sagte Ella und eilte hinaus.

Zu ihrer Rechten entdeckte sie eine Gruppe Wokkeliks, die gerade David in eine Umarmung zog. Anfangs sträubte sich der amerikanische Junge dagegen, dann gab er seinen Widerstand jedoch auf und genoss die Umarmung. Ella musste unweigerlich grinsen.

Einen Moment später sah sie, wie Davids rotblondes Haar grau wurde und schließlich an seinem Körper ein Pelz wuchs. Er schrumpfte zusammen. Sekunden später saß ein Koalabär zwischen den Wokkeliks. Obwohl sie sich selbst schon verwandelt hatte, versetzte Ella der Anblick in Staunen. Sie hoffte, David bei Gelegenheit noch mehr zu seinen Verwandlungsfähigkeiten befragen zu können.

»Die Wokkeliks sind auf jeden Fall total gut für die Stimmung. Wer schlecht drauf ist, holt sich eine Kuscheleinheit ab«, murmelte sie.

Noah und Zoe standen nebeneinander bei den Teekindern. Gerade ließ der Australier Blitze über seine Finger tanzen. Zoe macht kreisende Bewegungen mit ihrer Hand, woraufhin ein Sturm in Miniaturformat entstand.

Ajala befand sich bei den Elfen, wo Felicitas in ein Gespräch mit ihrer Mutter vertieft war. In der Nähe schwebte eine Elfe, auf die Lukas' Beschreibung von Mirabella von Sommerlicht passte.

Gerade wollte Ella sich dem indischen Mädchen zuwenden, als sie eine Taube mit violetter Feder bemerkte, die auf dem Boden herumtippelte und an Grashalmen zupfte.

Ella stemmte ihre Hände in die Hüfte. »Jul, was machst du denn hier?«

Die Taube sah auf. Es gab ein *Wusch*-Geräusch, dann hatte der Zauberschwingen-Junge seine menschliche Gestalt angenommen. Als Ella sich gemeinsam mit Lukas, Rani, Felicitas und Punchy zum Felsen der Zauberschwingen begeben hatte und Ella mit dem verborgenen Meisterschlüssel der Blinzelbahningenieure verschmolzen war, hatten sie ihn kennengelernt. Alle Zauberschwingenkinder waren in zweiter Gestalt eine Taube, bis sie sich in der Pubertät dazu entschieden, welcher Vogelart sie dauerhaft angehören wollten.

»Hallo, Ella«, grüßte Jul. »Ich bin hier nur so rumgeflogen. Wie geht es dir?«

»Du kannst nicht mitkämpfen.«

»Ach, komm schon, ich picke den Katzen ins Fell und reiße ihnen Haare aus.«

»Weißt du, was Katzen mit Tauben machen, wenn sie die erwischen?«, fragte sie.

»Streicheln?« Jul versuchte, seinen Charme einzusetzen, und grinste Ella schelmisch an. Dabei wurde eine Zahnlücke sichtbar, die total niedlich aussah. Vom Flug waren seine Haare verstrubbelt. Er trug einen viel zu langen Pullover, eine Jogginghose und Turnschuhe – zweifellos alles Kleidungsstücke, die er aus Winterstein stibitzt hatte. Wo er laut seiner Mutter nicht hinfliegen sollte.

»Weiß deine Mutter, wo du bist?«, fragte Ella.

»Klar.« Dass seine Wangen knallrot wurden und er zu Boden schaute, sprach Bände.

»Jul«, sagte Ella sanft. »Das hier ist wirklich gefährlich. Deine Leute stabilisieren euren Felsen, hilf ihnen doch dabei.«

»Meine Mama hat gesagt, dass ich noch eine kleine Zauberschwinge sei und deshalb nicht helfen kann. Das will ich aber.«

Ella überlegte fieberhaft. Wenn sie Jul einfach befahl, zu verschwinden, flog er einmal um die Burg herum und setzte sich auf die Zinnen. Das brachte sie auf eine Idee. »Weißt du was, du fliegst jetzt als Taube auf die Zinnen der Burg und hältst Ausschau. Sobald du die Angreiferkatzen siehst, warnst du uns. Aber dann gibst du Flügelgas und versteckst dich in einem der Räume in der Herzburg. Versprochen?«

»Oh, das ist so toll. Ja, ich verspreche es.«

Und – *schwupps* – saß eine Taube vor Ella, stieß sich ab und sauste hinauf zu den Zinnen der Herzburg.

»Der Kampf hat noch nicht mal angefangen und ich bin schon erschöpft.«

Endlich konnte Ella sich Ajala zuwenden. Mit wenigen Schritten war sie bei dem indischen Mädchen. Sie wollte rechtzeitig vor dem Kampf in Erfahrung bringen, über welche Magie sie verfügte.

Ajala

Ella

Das indische Mädchen saß mittlerweile auf einem Felsbrocken und blickte in die Ferne über die Baumwipfel.

»Hallo, Ella«, sagte sie, ohne den Kopf zu wenden.

»Woher wusstest du, dass ich es bin?«, fragte Ella überrascht.

Erst jetzt wandte sich Ajala zu ihr um. Während sie lachte, wurden ihre sanften Augen von Lachfalten eingerahmt. »Meine Gabe hat es mir verraten.«

»Du hast eine Rundumsicht?«, riet Ella scherzhaft und strich sich eine Strähne aus der Stirn.

Anstelle einer Antwort bewegte das indische Mädchen

seine Hand auf und ab. Die Erde vibrierte, Kiesel kullerten, ein Turm erhob sich in die Höhe.

»Du kannst die Erde kontrollieren?« Ella schluckte. »Das ist heftig.«

»Kontrollieren ist ein großes Wort. Ich erfühle das Erdreich, kommuniziere mit ihm. Ja, dadurch kann ich die Erde auch bewegen. Einmal war ich sehr wütend. Danach hatte unser Flüsterwald einen neuen Hügel. Bei meiner Gabe ist es wichtig, in sich selbst zu ruhen, im Einklang mit sich zu sein. Wut kann zu ungewollten Folgen führen.«

Bei diesen Worten war sich Ella plötzlich gar nicht mehr so sicher, ob sie ihre Blinzelmagie wirklich noch stärker ausbauen wollte. Was würde das bedeuten? Konnte sie irgendwann Gegenstände weg- oder herbeiblinzeln? Und würde sie, wenn sie wütend war, Gegenstände ungewollt auf andere Menschen schleudern? »Aber wie hast du mich dann bemerkt?«

»Wenn ich jemanden das erste Mal treffe, nehme ich instinktiv sein Gewicht auf dem Erdreich wahr. Nähert diese Person sich mir erneut, kann ich es erfühlen. Die Erde zeigt es mir.«

Womit Ella klar wurde, dass Ajala nicht einfach so über die Baumwipfel starrte. »Du lauschst hinaus, ob die Erde dir etwas über Katzenpfoten verrät, die sich uns nähern.«

Das indische Mädchen deutete ein Nicken an. »Katzen sind sich sehr ähnlich, ebenso Hunde. Natürlich unterscheidet sich ihr Gewicht, doch wenn hundert oder mehr Pfoten hierhereilen, würde ich es merken.«

Ella verschränkte die Arme und blickte nun ihrerseits auf den Wald. »Die Frage ist, ob sie die Katzenlinien benutzen, bis sie ganz nah heran sind. Ich würde es so machen. Dann bemerken wir sie erst, kurz bevor sie zuschlagen.«

Ajalas Fähigkeit konnte ihnen eine große Hilfe dabei sein, um rechtzeitig vor den Katzen gewarnt zu werden. Dennoch mussten sie auch die Möglichkeiten im Blick behalten, bei denen sie sich nicht darauf verlassen konnten. Zudem wussten sie immer noch nicht vollständig über die Fähigkeiten der Katzen Bescheid, zumindest was Zottelfell betraf. Warum konnte er nach wie vor sprechen und klar denken?

»Ich spüre Tatzen.« Ajala spannte sich an. »Aber es sind keine Katzen.«

Ella sah sich hektisch um. Beinahe hätte sie aufgelacht. Eine Horde Menoks kam angeflitzt, darunter Ranis Brüder und Pera. Sie stürzten sich natürlich zuerst auf die Wokkeliks, was David zur Flucht nutzte.

Auf allen vieren kam er als Koala zu Ella und Ajala gekrabbelt. »Ganz schön flauschig, diese Wokkeliks.«

»So wie du.« Ella zwinkerte.

»Oh, richtig.« Der Koala wurde größer, das Fell verschwand und kurz darauf stand David in seiner menschlichen Gestalt vor ihnen. »Ich vergesse manchmal, mich zurückzuverwandeln.«

»Eine tolle Gabe.«

»Anfangs fand ich sie cool, dann total übel und jetzt wieder echt nice.«

»Wieso übel?«

»Na ja, die Magie von uns Beschützern ist total stark mit unseren Emotionen verknüpft. Anfangs habe ich mich bei jeder Stimmung in ein anderes Tier verwandelt. Vom Eichhörnchen bis zum Elefanten war alles dabei, einmal sogar ein Pandabär. Als ich im Schlaf zu einer Spinne wurde, hat der Schrei meiner Mutter mich geweckt. Sie ist rausgerannt und kam mit einer echt großen Bratpfanne zurück. Ich musste unters Bett huschen, um mich dort zurückzuverwandeln. Seitdem denken meine Eltern, dass ich schlafwandle und hin und wieder unter dem Bett schlafe.«

»Du hast echt ein paar üble Erfahrungen gemacht«, sagte Ella.

»Tja, wenn man selbst ab und zu die Gestalt eines Tieres annimmt, bemerkt man erst, wie gemein die Menschen manchmal zu ihnen sind. Seitdem achte ich mehr auf ihren Schutz und patrouilliere öfter als Adler oder Falke nach

Wilderern – auch außerhalb unseres Flüsterwaldes.« David lächelte zufrieden bei dem Gedanken.

»Ich bin auf jeden Fall sehr froh, dass du, Ajala und Jacub unserem Hilferuf gefolgt seid«, sagte Ella. »Lukas und ich sind ja erst seit wenigen Wochen Beschützer des Waldes, das ist alles noch neu für uns. Und dann müssen wir uns gleich einer so riesigen Herausforderung stellen.«

Sie erzählte ein wenig von ihren Abenteuern im Kampf gegen den dunklen Magier, von der Jagd nach dem Meisterschlüssel und den versteinerten Katzen.

»Den Katzenwald habe ich noch nie gesehen«, sagte Ajala.

David schüttelte sich bei dem Gedanken. »Sorry, aber von Katzen habe ich erst mal genug. Wir haben zu Hause einen Husky, auf den freue ich mich schon. Mit ihm werde ich bald wieder ganz viel durch die Wälder tollen.«

»Aus welcher Ecke von Amerika kommst du denn?«

»Ich wohne in Portland. Das liegt in Oregon, im Norden von Amerika. Wir haben echt viel Natur dort. Und Schnee. Ihr solltet mal vorbeischauen.«

In diesen Momenten vergaß Ella all die Gefahren, die vor ihnen lagen. Sie dachte nur an die Schönheit der Flüsterwälder und an die Möglichkeiten, die sich ihnen boten. Wenn sie erst einmal die Zauberin besiegt und die Versteinerung der anderen Wälder rückgängig gemacht hatten, konnte sie jederzeit die Blinzelbahn benutzen und andere Länder bereisen.

»Weißt du was«, sagte Ella. »Wenn wir das hier überstanden haben, dann kommen Lukas, Rani, Punchy, Felicitas und ich euch besuchen.«

»Nice«, freute sich David.

»Die Berge sind wunderschön«, schaltete Ajala sich ein. »Es gibt immer mal wieder Austauschprogramme für die Beschützer der Flüsterwälder, so können wir andere Magie, andere Wesen und deren Gewohnheiten kennenlernen.«

Ellas Herz jauchzte vor Freude. Sie konnte es kaum erwarten, bis es so weit war.

In dem Moment erklang ein aufgeregtes Gurren von der Zinne. Jul deutete mit einem Flügel zum Wald, bevor er vor Aufregung nach hinten plumpste und außer Sichtweite verschwand.

»Das dürften die Katzen sein.« Ella atmete tief ein und wieder aus. »Sie sind fast da.«

Ajala lauschte hinaus. »Ja, jetzt bemerke ich sie auch. Sie haben in der Ferne Katzenlinien genutzt, deshalb hat die Taube sie gesehen. Nun sind sie ganz nah, springen eine nach der anderen aus den Linien heraus.«

Ella rief eine Warnung zu Noah und Zoe, die diese weitergaben. Die Elfen bildeten die erste Abwehrreihe, dahinter hatten sich die Menoks aufgestellt, die Steinschleudern mit eingelegten Betäubungs-Teekugeln in ihren Pfoten hielten. Pera ging zwischen den Jungs hin und her und gab Anweisungen.

»So einfach kommen sie hier nicht durch«, sagte Ella und blickte trotzig auf das dichte Grün des Waldes.

Leider hatte sie Zottelfell einmal mehr unterschätzt.

Die Angreiferkatzen warteten zwischen dem Laub des Waldes ab. Sie verfolgten einen Plan, den Ella und die anderen Beschützer in keiner Weise kommen sahen. Bis die ersten Rufe der Angst unter den Verteidigern erklangen.

Die Wokkeliks deuteten mit ausgestrecktem Finger auf Ella, als sei sie eine Angreiferin.

Felicitas kam herbeigesaust. »Da stimmt etwas nicht«, hauchte sie. »Meine Magie wird neutralisiert. Eure Ohren sind wieder gewöhnliche Menschenohren.«

Ella starrte auf die versammelten Bewohner des Flüsterwaldes. Jetzt wusste jeder, dass Menschen mitten unter ihnen waren.

Am Giftmüllsee

Lukas

Lukas blickte auf den See und fühlte sich schuldig.

Plastikberge schwammen umher, giftige Schlieren bildeten im Wasser Muster. Lukas wusste, dass es tief unten nicht besser aussah: Vor einigen Wochen hatte er gemeinsam mit Ella, Rani, Felicitas und Punchy Ellas Großvater gesucht. Dabei waren sie auch in den See hinabgetaucht. Der einst wunderschöne See war vollständig zugemüllt. Die Meerjaner, die früher oft nach oben gekommen waren, lebten ganz unten, unter dieser Schicht aus Müll und Gift, sie waren gewissermaßen gefangen in ihrer Unterwasserstadt.

»Wir hatten uns vorgenommen, beim Säubern des Sees

zu helfen«, sagte Lukas. »Aber in all dem Chaos haben wir das vergessen.«

»Ich habe euch lautlos daran erinnert«, behauptete Rani. »Aber ihr habt mich nicht gehört.«

»Du kannst lautlos erinnern?« Dundi war ziemlich beeindruckt, sogar sein Bauch leuchtete auf.

»Wir Menoks können sehr viele Dinge«, sagte Rani. »Vor allem sind wir lustig.«

Lukas beschloss, dass es besser war, nicht auf Ranis Behauptungen einzugehen.

»Wo kommt der ganze Müll denn her?« Jacub starrte entsetzt auf den See.

»Irgendwo in der Barriere um die magische Unterwasserwelt herum gibt es wohl einen Riss«, erklärte Lukas. »Niemand weiß, wie er entstanden ist. Aber dadurch wird Müll aus dem Meer der Menschen hierhergespült.«

Jacub kramte in seiner Ledertasche und förderte eine Phiole zutage. »Ein Unterwassertrank, mit dessen Hilfe wir problemlos hinabtauchen können«, erklärte er. Er eilte mit der Phiole in der Hand zum Wasser und hielt einen Finger hinein. Ein Leuchten ging über die Glasflasche. »Ich habe den Trank angepasst. So schützt er uns zusätzlich vor dem Gift.«

»Wow, das kannst du einfach so?«

Der tschechische Junge grinste zufrieden. »Jap. Wenn ich etwas berühre, erfasse ich die Zusammensetzung und kann magisch Tränke daraus machen oder bestehende entsprechend anpassen. Dafür muss ich jedoch schon einen Basistrank fertiggestellt haben, aus dem Nichts kann ich keinen Trank erschaffen. Falls eine Zutat fehlt, weil sie zu exotisch ist, geht es ebenfalls nicht. Aber hier ist es einfach Giftmüll, der neutralisiert werden muss. Der Rest bleibt gleich.«

Rani ging zu Jacub und betrachtete neugierig seine Ledertasche. »Kannst du auch einen Schokoladentrank herstellen?«

»Was soll der denn bewirken?«, fragte Jacub.

»Nach Schokolade schmecken«, erklärte Rani und überlegte einen Moment. »Und Wasser in Schokolade verwandeln.«

»Also das würde geh…«

»Wir haben keine Zeit!«, rief Lukas hastig.

Jacub wusste ja nicht, was mit Menoks geschah, wenn sie Schokolade zu sich nahmen. Sie stopften sich damit voll und verfielen kurz darauf in einen Tiefschlaf. Bedauerlicherweise liebten sie Schokolade – was Lukas durchaus nachvollziehen konnte – und jagten jedem kleinen Krümel hinterher.

»Wie genau wirkt denn dein Unterwassertrank?«, fragte

Lukas Jacub. »Wir haben nämlich auch einen, allerdings ist nicht klar, wie lange er anhält. Das hat Ella und mich schon einmal gehörig in Schwierigkeiten gebracht.«

»Keine Sorge«, erwiderte Jacub. »Der Trank wirkt einen ganzen Tag und eine Nacht, vierundzwanzig Stunden. Er sorgt dafür, dass der Druck in der Tiefe des Sees uns nichts ausmacht. Außerdem können wir unter Wasser ganz normal atmen, vor unserem Mund bildet sich dazu eine flache Luftblase. Und wir sind auch vor der Kälte geschützt. Durch die Veränderung schützt er uns zudem vor allen Giften.«

Länger als vierundzwanzig Stunden durften sie sowieso nicht benötigen, überlegte Lukas. Die Angreiferkatzen waren bereits auf dem Weg zur Herzburg und wer wusste schon, wie lange die anderen es schafften, dem Angriff standzuhalten.

Jacub entkorkte die Phiole und ließ einen Tropfen der grünen Flüssigkeit auf seine Zunge fallen. Dann reichte er das Behältnis weiter und nacheinander taten Lukas, Rani und Dundi es ihm gleich.

Das Regenbogengürteltier gab dem tschechischen Jungen die Phiole zurück, der sie wieder in seiner Ledertasche verstaute. Erst dann traten sie gemeinsam ins Wasser. Im ersten Augenblick fühlte es sich noch an wie immer, wenn

Lukas baden ging. Es war nass, kalt und sah in diesem Fall alles andere als einladend aus.

Es kribbelte an seinem Hals.

»Die Kiemen bilden sich«, erklärte Jacub. »Im Wasser kommt später noch eine Luftblase dazu. Jetzt sollten wir untertauchen, sonst fangen die Kiemen an auszutrocknen und fallen wieder ab.«

Normalerweise hätte Rani sich geweigert, in diese Brühe zu steigen. Sein Fell war ihm überaus wichtig. Doch heute stand er mit den Pfoten im niedrigen Wasser und malte mit seinem Greifschwanz einen Smiley in die giftgelben Schlieren. »Hihi.«

»Wir tauchen jetzt unter, Rani«, sagte Lukas.

»Tauchen!«, rief der Menok und hopste kopfüber in den See.

Da Lukas es Rani in seiner aktuellen Gemütslage durchaus zutraute, lustige Fische zu jagen, die sich als Haie entpuppten, sprang er flink hinterher. Um ihn herum breitete sich das kühle Nass aus, was er jedoch nicht als störend empfand. In Sichtweite trieb eine Plastiktüte durch das Wasser, darunter ragte eine Konservendose aus dem Boden. Wer darauftrat, würde sich den Fuß an der scharfen Kante aufschneiden.

»Alles klar?«, fragte Jacub.

Lukas konnte ihn klar und deutlich verstehen, auch wenn die Worte hier unten etwas gedämpft klangen. Er tastete an seinen Mund und stellte fest, dass sich die Luftblase davor gebildet hatte. Wenn er ausatmete, strömte der Atem über die Kiemen ins Wasser, wenn er einatmete, zog er den Sauerstoff über die Luftblase heraus. Das Zusammenspiel funktionierte problemlos.

»Super«, erwiderte Lukas Jacubs Frage.

Dundi und Rani schwammen umeinander im Kreis herum.

»Ich bin ein Wassermenok«, grölte Rani.

»Ich auch!«, rief Dundi.

»Nein, du bist ein Wasserregenbogengürteltier«, korrigierte Rani.

»Dann bin ich das!«, rief Dundi.

Lukas seufzte. »Warum komme ich mir gerade vor, wie ein Kindergärtner?«

»Ich finde die zwei lustig«, meinte Jacub. »Aber wenn wir tiefer gehen, sollte Dundi nicht mehr leuchten. Das könnte Raubtiere anlocken.«

Aus eigener Erfahrung wusste Lukas, dass es die hier tatsächlich gab. Und wer konnte schon sagen, was noch alles durch den Riss hierher gelangt war.

Sie sprachen mit den beiden und Dundi ließ das Leuchten seines Regenbogenbauchs fast erlöschen. Zurück blieb gerade ausreichend Licht, dass es ihnen den Weg erhellte. Was Lukas dieses Mal nämlich nicht dabeihatte, war eine Taschenlampe.

Jacub zog eine Phiole aus seiner Tasche. »Wenn wir davon etwas trinken, leuchtet unsere Haut. So würden wir hier unten in der Dunkelheit etwas sehen können. Aber damit warten wir besser, bis wir am Ziel sind.«

In der Stadt der Meerjaner würde es hoffentlich keine Raubtiere geben. Doch davor galt es, vorsichtig zu sein. Der See ging weit in die Tiefe und schien sich endlos auszudehnen. Mittlerweile wussten sie, dass es im Wasser Verbindungen zu anderen Flüsterwäldern gab. Meerjaner benutzten sie oder hatten das zumindest einst gekonnt.

Durch den Müll, die dunklen Jahre und das Chaos dazwischen war das Volk vollkommen in Vergessenheit geraten.

Innerlich musste Lukas seufzen. Es war ja nicht so, als würden die Menschen außerhalb des Flüsterwaldes sich ihrem Meer gegenüber besser verhalten. Er hatte sehr schlimme Bilder von der Verschmutzung gesehen, die noch weitaus größer war als die hier im Flüsterwald-See.

»Oh, schau.« Jacub deutete zu einer Stelle, an der große Wrackteile lagen. Direkt daneben fiel der Boden zerklüftet in die Tiefe ab. »Diese Trümmer sehen aus wie ein U-Boot.«

»Oh ja, da waren Ella und ich drin.«

Während sie weiter in die Tiefe vordrangen, berichtete Lukas von ihrem Abenteuer um den verschwundenen Professor, Ellas Großvater. Jacub lauschte staunend.

»Wir haben schon so viele lustige Dinge erlebt«, meldete sich Rani zu Wort. Dann begann er von den Feuerhöhlen der Stollenzwerge und dem Sprung von der Himmelsstadt zu berichten. ›Lustig‹ war eigentlich nicht das richtige Wort, um diese Abenteuer zu beschreiben.

Auf ihrem Weg mussten sie Mülltüten und herumtreibenden Plastik-Elementen ausweichen. Rani entdeckte einen Lockenwickler-Stab und war überzeugt, dass es sich um einen menschlichen Zauberstab handelte.

»Ich härte deinen Panzer aus.« Er deutete damit auf Dundi.

Das Regenbogengürteltier betastete sich und strahlte. »Es hat funktioniert.«

Rani wirkte zufrieden. »Es gibt nur wenige Dinge, die wir Menoks nicht können.«

»Selbstbewusstsein hat er ja«, kommentierte Jacub.

Rani verstaute den Lockenwickler in seinem Fellbeutel, was Lukas Schlimmes erahnen ließ. Er konnte das Klingen der Löffel noch immer in seinen Ohren hören, die Rani bis vor wenigen Stunden alle paar Minuten benutzt hatte.

»Wissen wir denn, wo sich die Stadt der Meerjaner befindet?«, fragte Jacub.

»Na ja.« Lukas deutete in die Tiefe. »Ganz unten?«

»Aber das hier ist riesig.« Er runzelte die Stirn. »Dieser See ist weitaus größer, als ich angenommen hatte.«

Wo befand sich die Stadt?

Selbst mit einer Wegbeschreibung wären sie nicht weitergekommen, denn es war einfach überall Wasser und es gab keinerlei Anhaltspunkte, um sich zu orientieren.

Die Freunde stoppten und blickten angestrengt hinab.

Während sie suchten, spürte Lukas eine Gänsehaut. Er hatte das Gefühl, aus tückischen Augen beobachtet zu werden. »Spürst du das auch?«

»Ja, da ist etwas«, sagte Jacub.

»Das ist der lustige Fisch«, erklärte Rani. »Er sieht aus wie ein Krokodil.«

In diesem Augenblick erblickte Lukas den länglichen Schatten, der langsam auf sie zuglitt.

Flucht in die Tiefe

Lukas

Sie mussten innerhalb von Sekunden reagieren. Jacub hechtete in die Tiefe, Rani und Dundi hinterher. Dabei glitt die Phiole aus der Hand des tschechischen Jungen.

Der krokodilartige Riesenfisch schnappte danach. Das Glas zerbrach, und noch während Lukas seinen Freunden folgte, begann der Krokodilfisch zu leuchten. Leider wurde dadurch sichtbar, wie gewaltig er war. In seinem Maul saßen oben wie unten zwei Reihen gebogener Zähne, die die Größe von Lukas' Unterarm besaßen. Ein Happs würde genügen, um ihn zu verschlingen.

Der Schwanz peitschte in Lukas' Richtung, verfehlte ihn

aber um Haaresbreite. Das Tier war schnell, bewegte sich durch das Wasser, als sei es nur Luft.

Schon wandte sich ihnen das Maul wieder zu, öffnete sich. Die Zähne funkelten.

Dundi drehte seinen Bauch in Richtung des Krokodilfischs. Die Regenbogenfarben leuchteten auf und blendeten das Tier. Es stieß ein seltsames Quietschen aus, kringelte sich und setzte erneut zum Angriff an. Dieses Mal wollte es das störende Regenbogenlicht mit einem schnellen Happs verschlingen. Lukas packte Dundi und zog ihn von den zuschnappenden Zähnen weg.

»Mein Panzer ist doch jetzt härter«, sagte das Regenbogengürteltier. »Soll er es ruhig versuchen, ich bin unknackbar.«

»Vielleicht testen wir das lieber nicht«, meinte Lukas.

Der Krokodilfisch zog einen Kreis, vermutlich, um erneut anzugreifen.

»Da lang!« Rani sauste durchs Wasser voran. »Die Stadt ist dort vorne.«

Sie wussten mittlerweile, dass Rani Magie wahrnehmen konnte. Vermutlich waren sie nahe genug, dass die Menok-Sinne ansprangen. Denn zu sehen war von einer Stadt noch nichts.

Doch nur kurze Zeit später schälte sich vor ihnen eine

riesige schimmernde Kuppel aus der Düsternis der Tiefsee, die eine komplette Unterwasserstadt umspann. Lukas spürte die Magie, die Kuppel entpuppte sich als Art Siegel und war zudem durchscheinend. Sie erkannten korallenartige Bäume und Algen, die von innen heraus leuchteten. Lukas wusste, dass man das ›fluoreszierend‹ nannte. So was gab es auch in der menschlichen Wasserwelt.

Rani und Jacub glitten durch die schimmernde Sphäre und erreichten sicher die Innenseite der Kuppel. Sie war also durchlässig, die Magie hatte sie nicht als feindlich eingestuft. Als Rani und Jacub sich wieder umwandten, rissen sie entsetzt die Augen auf. Daraus schloss Lukas, dass auch der Krokodilfisch hinter ihm dichtauf war. Er glaubte, die Zähne bereits zu spüren.

»Halt dich fest!«, brüllte Lukas Dundi zu, der mittlerweile auf seinem Rücken hing.

Noch einmal gab er alles …

… und glitt zusammen mit dem Regenbogengürteltier durch die Kuppel.

Es gab eine Erschütterung, als der Krokodilfisch dagegenprallte. Für ihn war die Kuppel nicht durchlässig.

Rani hielt den Lockenwickler-Stab in den Händen und hatte ihn auf den riesigen Fisch gerichtet. »Ich habe ihn verlangsamt, damit ihr entkommen konntet.«

»Oh, danke.« Dundis Bauch leuchtete auf. »Du bist ein Heldenmenok.«

»Ein lustiger Heldenmenok«, erklärte Rani und steckte den Lockenwicklerstab zurück in seinen Beutel.

»Genau das.«

»Danke, du großer Held«, sagte Lukas trocken.

Doch seine eigentliche Aufmerksamkeit war bereits auf die Stadt gerichtet. Sie sah wunderschön aus. Das Licht schimmerte sanft, zwischen Korallengebäuden hindurch, die überall aus dem Boden wuchsen. Es gab schillernde Wasserpflanzen, die wie Blumen aussahen. Gewaltige Blütenkelche öffneten und schlossen sich. Dazwischen schwammen Fische. Kleine Wasserwesen, die wie Kaulquappen mit Saugnapf-Händen aussahen, lugten mit großen Augen zwischen den Wurzeln hervor. Vermutlich fürchteten sie sich vor den Neuankömmlingen.

Konnten das die Meerjaner sein? Bisher hatte Lukas noch nicht die Möglichkeit gehabt, einen der Wasserbewohner im Ganzen zu sehen. Einzig einmal, als sie durch den Strudel der Zeit gesprungen waren, hatten sie in der Bibliothek eine undurchsichtige Wasserblase gesehen. Darin hatte sich laut Felicitas ein Meerjaner befunden.

Die Zauberin wiederum war nur schemenhaft zu erkennen gewesen, da sie in ihrer Blase von giftigem gelblichen

Wasser umgeben war. Dennoch waren diese kaulquappenartigen Wesen so winzig, dass Lukas ausschloss, dass es sich bei ihnen um Meerjaner handelte.

»Hallo!«, brüllte Rani plötzlich neben Lukas.

Lukas und Jacub zuckten zusammen.

»Vielleicht starten wir etwas freundlicher«, schlug Lukas vor.

Deutlich leiser wiederholte Rani: »Haaaallo!«

Was so leise war, dass ihn niemand verstehen konnte.

»Haaaaallo«, schloss Dundi sich an.

»Ich sage nur ›Kindergarten‹«, seufzte Lukas.

Sie schwammen weiter, drangen tiefer in die Stadt ein.

»Ich wusste nicht, dass Menschenkinder im Garten wachsen«, sagte Dundi. »Noah und Zoe sind dann wohl auf der Farm ihrer Eltern gewachsen. Im Stall vielleicht?«

Rani hob seinen Greifschwanz gestikulierend, während er mit den übrigen Pfoten Schwimmbewegungen machte. »In einen Stall gehen die Menschen, um Pferde zu melken oder auf Kühen zu reiten. Die Welpen werden in einem anderen Garten angepflanzt. Anfangs sind es grüne Knubbel, die tragen den Spitznamen ›Salatköpfe‹. Und wenn sie geschält werden, kommen Menschenwelpen daraus hervor. Diese dürfen dann im Kindergarten herumkrabbeln, werden täglich gegossen und bekommen

Schokolade. Und dann werden sie zu Kindern wie Lukas eines ist.«

»Das klingt alles sehr schräg«, flüsterte Jacub. »Wie kommt er denn darauf?«

»Er hat Fantasie«, kommentierte Lukas. »Frag nicht, was er noch so auf Lager hat. Wenn seine Brüder ihm das glauben und es in der Menok-Schule herumerzählen, werden sie damit sicher den gesamten Unterricht lahmlegen.«

Jacub lachte leise. »Das stelle ich mir ein bisschen witzig vor.«

»Witzig? Habt ihr über mich gesprochen«, erklang Ranis Stimme. »Ich erkläre Dundi gerade, dass ihr Menschen regelmäßig von euren Hunden Gassi geführt werdet.«

Lukas flehte innerlich, dass sie endlich einem Meerjaner begegneten. Vorzugsweise der netten Variante, denn die Begegnung mit diesem Krokodilfisch hatte ihm an Lebensgefahr gereicht.

»Fällt dir etwas auf?«, fragte Jacub.

»Die Stadt wirkt recht leer«, erwiderte Lukas. »Irgendwie seltsam, oder? Vielleicht schlafen die Meerjaner ja auch nachts und sie sind anders als die anderen Flüsterwaldbewohner am Tag aktiv.«

»Das glaube ich nicht.« Jacub deutete auf die Korallenhäuser. »Sieh dir die Korallen mal genauer an, sie sehen kränklich aus. Bleich.«

Lukas schwamm zu einem der Häuser und betrachtete die Oberfläche. Jacub hatte recht, es war ein blasses Rosa, jedoch nicht durchgehend. An einigen Stellen sah es kräftiger aus. »Davon habe ich gelesen. In einem meiner Bücher haben Kinder ein Abenteuer im Urlaub erlebt. Da gab es verblichene Korallen. Es ist ein Zeichen, dass sie kaputtgehen.«

Die Meerjaner waren weitaus schlimmer betroffen, als sie gedacht hatten. Der Giftmüll hatte nicht einfach dafür gesorgt, dass sie ihre Stadt nicht mehr verlassen konnten. Er veränderte das Wasser, ließ die Korallen absterben … Und was war mit den Bewohnern geschehen?

»Ich glaube, da kommt jemand«, flüsterte Jacub.

Eine Silhouette schälte sich aus der Ferne zwischen den Häusern hervor und glitt näher. Dieses Mal umgab keine Blase den Meerjaner, er war vollständig sichtbar.

Zum ersten Mal sah Lukas einen in seiner wahren Gestalt.

Menschen!

Ella

Sie hatten Zottelfell unterschätzt.

Sein Plan war es nicht gewesen, sofort anzugreifen, er wollte die Verteidiger zuerst untereinander aufhetzen. So konnten er und seine Angreiferkatzen in aller Ruhe im Dickicht des Waldes abwarten, bis die Verteidigung der Herzburg in sich zusammengefallen war.

Ella hatte bei einigen Abenteuern zwischendurch vergessen, dass sie als Menschen im Flüsterwald nicht willkommen waren. Doch jetzt, ohne die Elfenohren, wurde ihr das schlagartig klar.

Die Menoks zielten mit ihren Schleudern auf sie, die

Teekinder waren zurückgewichen. In manchen Gesichtern zeichnete sich Wut ab. Der dunkle Magier war nicht vergessen worden, im Gegenteil. Erst vor wenigen Wochen hatten die Flüsterwäldler seine letzte große Attacke abgewehrt.

»Ihr braucht keine Angst vor uns zu haben«, rief Ella den Wesen des Flüsterwalds zu. »Wir sind hier, um zu helfen.«

»Menschen«, wurde gewispert.

»Sie greifen uns an«, kam es von irgendwoher.

»Es sind gar nicht die Katzen.«

Ella wusste, dass jetzt alles auf dem Spiel stand. »Wir sind Beschützer des Waldes«, rief sie und hielt ihr Handgelenk mit dem Tattoo in die Höhe. »Wir helfen dem Herz des Waldes.«

»Sie spricht die Wahrheit«, meldete sich Felinde von Siebenstern zu Wort. Die Königin der Elfen hatte sich von ihrem Mann und ihrer Tochter gelöst und schwebte nun neben Ella. »Das Herz offenbarte mir die Menschen. Diese Kinder sind mutig, sie stellen sich dem Bösen und haben bereits an unserer Seite gegen den dunkeln Magier gekämpft.«

»Eine Verschwörung«, rief jemand von weiter hinten. »Sie haben die Elfenkönigin verzaubert.«

Ein genervtes Seufzen erklang. »Nicht alles ist eine Verschwörung, Winimuff.«

»Doch, ist es, Elsbeth.«

Glücklicherweise wurden die Stimmen sofort übertönt. Bedauerlicherweise durch Bestätigungsrufe.

»Ich bin nicht verzaubert!«, versuchte die Königin, sich Gehör zu verschaffen.

»Beweise es«, rief Cani, wurde dafür aber von Pera so böse angefunkelt, dass er ergänzte: »Oder auch lieber nicht.«

Die Spaltung der Flüsterwälder war in vollem Gange. Es gab jene, die sie kennengelernt hatten und deshalb keine Angst mehr besaßen. Andere fürchteten sich eindeutig.

»Wir fragen einfach das Herz«, schlug Felinde von Siebenstern vor. »Es wird bestätigen, dass …«

»Ist gerade beschäftigt«, zischte Ella aus dem Mundwinkel. »Es versucht, die Stadt der Zauberschwingen in der Luft zu halten, damit sie nicht vom Himmel auf uns herabplumpst.«

»… es wird *später* bestätigen, dass dies unsere Freunde sind«, korrigierte sich die Königin. »Momentan müssen wir uns den Feinden stellen, die bereits im Schatten der Bäume auf uns lauern.«

»Vielleicht haben die Menschen das Herz ja längst besiegt«, rief wieder Winimuff. »Und jetzt holen sie uns hier zusammen, damit wir ein leichtes Ziel darstellen.«

Ella erinnerte sich dunkel daran, einen Blick in die Flüsterzeitung geworfen zu haben. Winimuff Sauseblitz war einer der Redakteure. Obendrein ein sehr skeptischer, der hinter jedem Baum eine Verschwörung witterte.

»Du bist doch Winimuff Sauseblitz!«, rief Ella. »Ich mag deine Artikel, habe schon mehrere gelesen.«

»Oh«, erwiderte er verblüfft. »Na ja, eigentlich sieht sie ganz nett aus.«

Die Flüsterwäldler schienen unentschlossen. Ein Wort vom Herz des Waldes hätte das Problem gelöst, doch ohne die Hilfe der Waldseele wurde es schwer. Jetzt war Ella froh, dass die Warks aktuell versteinert waren. Andernfalls wären sie sofort hier aufgetaucht, um sich um das »Problem Menschen« zu kümmern.

»Wir können ja einfach wieder abhauen und uns verstecken«, schlug ein Wokkelik vor. »Und kuscheln. Sobald das Herz dann Zeit hat, fragen wir es.«

Zustimmendes Gemurmel erklang.

»Aber ihr seht doch, was hier geschieht«, rief Ella. »Wir brauchen eure Hilfe, um die Herzburg zu verteidigen. Die Angreiferkatzen benutzen eine Apparatur, um Magie abzuziehen und alles in Stein zu verwandeln. Das wird jeden von euch treffen und am Ende auch das Herz des Waldes, wenn wir sie nicht aufhalten.«

Sie hätte gerne noch auf die Zauberschwingen hingewiesen, doch diese waren von den anderen Flüsterwäldlern längst vergessen worden. Vor vielen Jahrzehnten hatten sie sich auf ihren Felsen hoch in der Luft zurückgezogen, verborgen von Wolken, um dort in Ruhe zu leben.

»Wir müssen uns zusammen den Feinden stellen«, rief die Elfenkönigin. »Wie wir es auch beim Schattenmeister siegreich taten. Die Vergangenheit hat uns gezeigt, dass die Völker des Flüsterwaldes vereint am stärksten sind. Die Beschützer des Waldes werden uns zur Seite stehen.«

»Wir haben den Menschen einmal vertraut«, rief ein grimmig dreinblickender Stollenzwerg. »Es wurde nicht gedankt. Sie haben unsere Berge zum Einsturz gebracht. Und dann kam der dunkle Magier und wollte den ganzen Wald für sich. Wer sagt uns, dass diese hier nicht ebenfalls was im Schilde führen? Sollen sie zurück nach Winterstein gehen, wir machen das selbst.« Dabei schwang er eine große Keule.

Ella wusste, dass die Stollenzwerge normalerweise von sehr freundlicher Natur waren. Lukas, Felicitas, Rani, Punchy und Ella hatten sie nach ihrem Besuch sogar mit streunenden Katzen aus Winterstein versorgt, die nun bei ihnen lebten. Sie wurden dort wie Königinnen behandelt. »Wie geht es euren Katzen? Fühlen sie sich wohl?«

»Äh, ja, danke, danke.« Gab der Stollenzwerg mit hochrotem Kopf zurück.

»Die meisten Menschen lieben Katzen«, behauptete Ella. Und wer bekam bei einem Katzenvideo schließlich keine wässrigen Augen? »Deshalb hat es uns auch so gefreut, dass ihr euch so hinreißend um sie kümmert.«

»Wir sind auch überaus dankbar, dass ihr uns die Katzen gebracht habt«, erklärte der Stollenzwerg. »Das war lieb. Also, na ja, wer Katzen mag, kann ja nicht sooo schlecht sein.«

Ella wurde bewusst, wie viele Abenteuer sie bereits im Flüsterwald erlebt hatte, welchen Völkern sie schon geholfen hatte. Oder diese ihnen. Doch es war ein Tropfen auf den heißen Stein. Sie konnte nicht jeden einzeln überzeugen, die Zeit lief ihnen davon. Noch immer wurden sie und die anderen Beschützer des Waldes von zu vielen feindlichen Blicken taxiert.

Nur weil die Stollenzwerge und die Elfen auf ihrer Seite standen, hieß das noch nichts. Die Menok-Kinder brannten darauf, ihre Schleudern abzuschießen, und sollte jemand zum Angriff auf die Menschen blasen, würden sie sofort mitmachen.

»Hast du noch eine Idee?«, fragte Ella Felinde von Siebenstern.

»Sie haben Angst«, gab die Elfenkönigin zurück. »Die dunklen Jahre sind allen in Erinnerung, ebenso die Rückkehr des Magiers. Sie haben nie erfahren, dass ihr ihn letztlich besiegt habt.«

Ella blickte zum Waldrand. Eine Gänsehaut rann ihre Arme herab, als sie sah, dass sich die Anzahl der Augen, die aus der Dunkelheit tückisch hervorblitzten, noch einmal um ein Vielfaches erhöht hatte. »Sie sind da.«

Zottelfells Plan war aufgegangen. Unbemerkt waren sie eingekreist worden, während Ellas Aufmerksamkeit auf die Flüsterwäldler gerichtet war.

Ein zufriedenes »Miau« erklang.

Dann griffen die Katzen an.

Attacke der Angreiferkatzen

Ella

Wie ein Schwarm Heuschrecken sausten die Angreiferkatzen heran. Es waren Hunderte, die aus allen Richtungen kamen. Aufgeregt sprangen die Flüsterwäldler zurück.

Die Menok-Kinder hatten sich als Erstes von dem Schreck erholt, sie wandten sich den Katzen zu und feuerten die Teekugeln ab. Es handelte sich – wie Ella vermutet hatte – um Beruhigungsteekugeln, denn die getroffenen Vierbeiner gähnten, fielen um und schliefen.

»Zoe, kannst du deine Magie wirken?«, fragte Ella erwartungsvoll.

Das australische Mädchen begriff sofort, hob seine Hände und ließ die Finger in kreisenden Bewegungen durch die Luft gleiten. Wind frischte auf, kleine Tornados bildeten sich. Die Katzen kamen langsamer voran, hatten jetzt deutlichen Gegenwind.

»Noah, kannst du sie mit ein paar Blitzen unterstützen?«, bat Ella. »Aber die ›sanfteren‹.«

Noah nickte und begann mit der Arbeit. Vereinzelt zuckten bereits Sekunden später kleine Blitze herab, sprangen von einer zur nächsten Katze und ließen diese zusammenfahren. Dadurch kamen sie aus dem Tritt, purzelten umher und fegten andere von den Beinen.

Richtige Blitze waren natürlich gefährlicher und konnten sogar lebensbedrohlich sein. Doch Noah konnte seine magisch erzeugten Blitze auch sanfter gestalten.

»Ajala«, sprach Ella weiter, »Erdwall.«

»Aber klaro«, erwiderte das indische Mädchen.

Die Erde zitterte und schob sich wie eine Wand vor den Katzen in die Höhe. Die würden sich von der weichen Erde auf Dauer nicht abhalten lassen, doch alles, was ihnen Zeit verschaffte, war hilfreich.

David rief: »Ich fliege als Falke am Erdwall entlang und erschrecke sie, damit sie wieder runterpurzeln.« Schon verwandelte er sich.

»Aber lass dich von ihren Krallen nicht treffen!«, rief Ella ihm hinterher.

Ella bedauerte ein wenig, dass sie selbst zur Verteidigung lediglich auf magische Hilfsmittel zurückgreifen konnte, doch die waren auch nicht ohne. Lukas hatte seinen Rucksack dagelassen, in dem sich die Pulver und Phiolen aus dem Studierzimmer des Professors befanden. Kurzerhand bestreute Ella sich mit einer Dosis Flugpulver. Durch den Verlust der Magie wirkten die Tränke zwar nicht mehr so lange, aber für diesen Kampf würde es hoffentlich reichen.

Ella stieß sich ab und betrachtete das Gebiet aus der Höhe. Neben ihr flatterte es und eine Taube landete auf ihrer Schulter.

»Jul, du solltest doch in der Burg bleiben.«

»Ich habe aufgebrachte Stimmen gehört und da hatte ich Angst«, erklärte er. »Das sind aber viele Katzen. Die gucken ganz schön böse.«

»Und benutzen obendrein ihre Krallen«, sagte Ella.

Sie konnte erkennen, dass ein Teil der Angreiferkatzen bereits am Erdwall in die Höhe kletterte, die Krallen versanken in der weichen Erde. David fegte so nah an den Kletternden vorbei, dass diese sich erschreckten und wieder zu Boden purzelten. Andere streifte er absichtlich mit seinem Flügel.

Doch die Katzen wurden aufmerksamer und immer mehr Hiebe gingen in seine Richtung. Früher oder später würde einer davon ihn treffen. Obendrein konnte David nicht überall zugleich sein, die ersten pelzigen Körper erreichten die Oberseite des Erdwalls. Zeit, einzuschreiten.

Ella zog aus ihrer Hosentasche den Flakon mit dem Feuerpulver. Jul stieß sich von ihrer Schulter ab, als sie zum Sturzflug ansetzte.

Direkt vor den Katzen warf sie eine Handvoll Feuerpulver zu Boden. Es loderte beim Aufprall einmal kurz in die Höhe, bevor es wieder verrauchte. In der Nähe des Waldes hätte sie sich das nicht getraut, zu groß wäre die Gefahr gewesen, dass die Bäume Feuer fingen. Doch auf dem von Ajala geschaffenen Erdwall bestand keine Gefahr.

Die Stichflammen erschreckten die Angreiferkatzen so sehr, dass sie wieder zurücksprangen. Ella wollte die Tiere zwar aufhalten, aber möglichst nicht verletzen. Sie waren schließlich nicht sie selbst, sondern nur durch den Trank so böse geworden. Vor wenigen Tagen hatte Ella selbst am eigenen Leib erfahren, wie tückisch der Wandeltrank war. Beinahe wäre sie ebenfalls eine Katze geblieben.

Sie flog über den Erdwall und verstreute das Pulver, doch immer mehr Angreiferkatzen erreichten die Oberseite.

Felinde von Siebenstern war es derweil gelungen, die Verteidiger zu koordinieren. Sie rannten nicht länger wie aufgescheuchte Hühner von links nach rechts, sondern lauschten den Anweisungen der Elfenkönigin und begaben sich auf ihre zugewiesenen Plätze: Wokkeliks und Teekinder nah bei der Herzburg; Stollenzwerge ganz vorne. Dahinter die Menoks mit den Schleudern, die ständig mit neuen Beruhigungsteekugeln versorgt wurden.

Dazwischen befanden sich allerlei Flüsterwald-Bewohner, die Ella noch gar nicht kennengelernt hatte. Der Wald war riesig und zahlreiche Geheimnisse, Abenteuer und Bewohner warteten noch darauf, entdeckt zu werden.

Die Luft wurde von den Elfen eingenommen, die zur Abwehr magisches Elfenpulver einsetzten.

Tief unter Ella wurde David von einem Krallenhieb getroffen. Der Falke taumelte, hielt sich mit einem verletzten Flügel nur schwer in der Luft. Ella dachte nicht lange nach, sie sauste herab, erwischte den amerikanischen Jungen in seiner Vogelgestalt im letzten Augenblick, bevor eine der Katzen ihn sich schnappen konnte, und brachte ihn in Sicherheit. Sie flogen zurück zur Burg. Ella landete vorsichtig bei den Teekindern.

Davids Körper nahm wieder seine menschliche Gestalt an. Sein rechter Arm blutete, der Hoodie war zerrissen. Irgendwie schienen die Hoodies der Jungs im Flüsterwald eine geringe Lebensdauer zu haben, auch Lukas hatte hier schon so einige davon bei seinen Abenteuern verloren.

»Danke«, sagte David.

Striemen zogen sich über seine Haut, die Katzen hatten eine böse Wunde hinterlassen. Eines der Teekinder kam näher, betupfte die Stelle und legte Teekräuter darauf.

»Es wird gleich besser werden.«

Zufrieden erkannte Ella, dass sie die Angreiferkatzen deutlich ausbremsten. Zahlreiche Katzen schnarchten bereits leise vor sich hin, andere versuchten zum wiederholten Mal, auf den Erdwall zu gelangen. Zoe verstärkte den Sturm, Noah schleuderte konstant Blitze. Ajala begann damit, den Erdwall zu verändern. Er wackelte, Erde sackte ab oder bildete sich stärker aus. Viele Katzen rutschten daraufhin wieder ab. Sie sahen nur noch wütender aus als zuvor.

»Vielleicht haben wir doch eine Chance«, sagte Ella.

»Da stimmt etwas nicht«, bemerkte das Teekind neben ihr und blickte stirnrunzelnd auf Davids Wunde. »Sie müsste inzwischen wieder geschlossen sein.«

Es hatte die Teeblätter entfernt. Darunter kamen die

Striemen zum Vorschein, von denen sich schwarze Linien über die Haut ausbreiteten.

»Vielleicht benötigen deine Kräuter einfach länger?«, meinte Ella.

»Es sind Teekräuter«, bekam sie zur Antwort, was wohl so viel bedeutete wie ›diese Kräuter können alles heilen, wieso sollten sie länger brauchen?‹.

Ihr kam ein böser Verdacht. »Gift?«

David war kreidebleich im Gesicht. Ella befühlte seine Stirn, sie war heiß.

»Es sieht fast so aus«, sagte das Teekind. »Aber es muss ein magisches Gift sein, sonst würden die Blätter es sofort neutralisieren.«

»Wie fühlst du dich?«, fragte Ella sanft.

David verzog das Gesicht. »Was fragst du denn so blöd? Wonach sieht es wohl aus?«

Dann fauchte er sie an.

Ella wich zurück. Sie begriff. Vor wenigen Tagen war es den Katzen gelungen, im Kampf den Wandeltrank zu erbeuten, der Menschen und Flüsterwald-Bewohner in zottelige Angreiferkatzen verwandeln konnte. Sie wurden aggressiv und vergaßen, wer sie einst gewesen waren. Davids Fauchen klang nur allzu vertraut.

»Sie haben ihre Krallen mit dem Trank eingerieben«,

sagte Ella entsetzt. »Jeder, der verwundet wird, verwandelt sich ebenfalls in eine Angreiferkatze.«

Und damit musste Zottelfell nur noch warten, bis es keine Verteidiger mehr gab. Dann konnten er und die Zauberin ohne Gegenwehr in die Herzburg spazieren.

Die Meerjaner

Lukas

Lukas starrte gebannt auf den Meerjaner, der auf sie zugeschwommen kam.

»Besucher«, sagte dieser verblüfft, als er sie erreicht hatte.

Ein wenig erinnerte er Lukas an die Meerjungfrau Ariel, nur eben als Junge. Bis zur Taille sah er aus wie ein gewöhnlicher Mensch, doch unterhalb der Hüften besaß er einen Fischschwanz. Zwischen seinen Fingern spannten sich Fischhäute. Er mochte ungefähr fünfzehn Jahre alt sein und hatte kurzes Haar in der gleichen Farbe, wie es auch die Schuppen seines Fischschwanzes aufwiesen: grün. Auf seinem Gesicht saß eine halb durchsichtige Muschel mit Filterlöchern darin. Sie bedeckte Nase und Mund.

»Hallo«, sagte Lukas zögerlich und stellte sich und die anderen vor. »Wir sind gekommen, weil die böse Zauberin den Flüsterwald bedroht.«

»Ich bin Me'kai«, erwiderte der Meerjaner. »Wir wissen nichts von einer Zauberin, aber ehrlich gesagt ist das euer Problem. Ist ja nicht so, als hättet ihr uns geholfen.« Jetzt wirkte der Junge grimmig. »Wo wart ihr denn all die Jahre, als der Müll den See vergiftet hat? Unser Wasser ist mittlerweile so vergiftet, dass wir diese Muschelmasken tragen müssen, sobald wir unsere Korallenhäuser verlassen.«

Was die schleusenartigen Türen erklärte, die die Häuser von der Außenwelt abriegelten.

»Und in den nächsten Jahren werden auch die Korallen absterben, dann wissen wir gar nicht mehr, wo wir leben sollen.« Me'kais Schultern sackten herab.

Dundi schwamm zu einem der Korallengebäude und leckte daran. »Verblasste Fröhlichkeit und Angst.« Das Regenbogengürteltier wirkte traurig. »Wirklich, das ist nicht schön.«

»Vielleicht könnte ich mit meinem neuen Zauberstab helfen.« Rani zog den Lockenwickler-Stab aus seinem Fellbeutel.

»Lass das mal, Rani. Diese Art der Zauberstäbe funktioniert unter Wasser nicht ganz so gut«, erklärte Lukas hastig.

An Me'kai gewandt berichtete er, was im Flüsterwald gerade geschah. Und dass es sich bei der Zauberin um eine Meerjanerin handelte.

»Sie hat wirklich überlebt«, hauchte der Junge erstaunt.

»Du weißt, wer sie ist?«, fragte Lukas.

»Kommt mit!«

Ohne ein weiteres Wort der Erklärung warf er sich herum und glitt durch das Wasser davon. Die Freunde schwammen los, hatten aber Mühe, mit ihm mitzuhalten. Während Lukas ihm folgte, nahm er immer mehr von dem Verfall wahr, der ringsum herrschte. Die ganze Unterwasserstadt wirkte heruntergekommen, leer und verblasst. Einige der Korallenhäuser waren vollkommen verblichen, andere auf dem Weg dahin. Hier und da trieben braune Schlieren durch das Wasser.

»Die Filterkuppel kann nicht mehr alles abhalten«, sagte Me'kai, der Lukas' Blick bemerkt hatte. »Auch die Meeresdrachen werden aggressiver.«

»Das hier unten ist nicht einfach nur ein See, oder?«, fragte Lukas.

»Es ist das Flüstermeer, das sich magisch erweitert und

noch einmal genauso groß ist wie der Flüsterwald«, erklärte der Meerjaner-Junge. »Hier unten gibt es viele Meeresbewohner, Tiefseevölker, Lichtergrotten und Lagunenströmungen. Es ist es wunderschön – oder war es zumindest einmal.«

Besonders die Meeresdrachen hätte Lukas liebend gerne mal kennengelernt. Doch von der einstigen Schönheit war nicht mehr viel zu sehen. In Gedanken stellte Lukas sich vor, wie dieses Flüstermeer hier unten eine riesige Fläche einnahm. Und überall gab es Wasserpfade oder Verbindungen, die zu den verschiedenen Flüsterwäldern führten. Vom Wasser aus konnte man blitzschnell zwischen ihnen hin- und herwechseln, wie mit der Blinzelbahn zu den fernen Wäldern. Es war ein neuer Teil der magischen Welt, den er nicht einmal im Geringsten zu erfassen vermochte.

Me'kai hielt vor einer Korallenkuppel an. Sie bestand aus einer wabbeligen, halb durchsichtigen, geleeartigen Substanz, die die typischen Auswüchse von Korallen aufwies. Als sie näher kamen, öffnete sich schmatzend eine Schleuse.

»Was ist das denn?«, fragte Rani.

»Ich habe da so eine Ahnung«, sagte Jacub. »Dank meiner magischen Gabe kann ich ganz viele Tränke spüren, die sich in der Nähe befinden. Sie haben heilende Wirkung. Oder lindern zumindest Schmerzen.«

Als sich die innere Schleuse öffnete, bestätigte sich Jacubs Vermutung. Es war ein Krankenhaus. Überall lagen Meerjaner auf moosigen Liegen, waren bedeckt von kleinen Tieren, die sich an sie schmiegten. Sie sahen aus wie kleine Welse, deren Saugmünder auf der Haut der Meerjaner ruhten.

»Hier werden all jene behandelt, die erkrankt sind«, erklärte Me'kai. »Die Hilfsfische, die ihr seht, übertragen spezielle Stärkungsmittel ins Blut der Betroffenen.«

»Und das kommt alles durch die Verschmutzung?«, fragte Lukas, obgleich er sich die Antwort schon denken konnte.

»Irgendwann haben diese braunen Schlieren im Wasser, angefangen, sich auszubreiten. Sie machen alle hier krank. Es ist irgendetwas Giftiges, von dem wir nicht wissen, woher es kommt. Ein paar von uns haben nach Heilmitteln geforscht. Aber das ist eine Geschichte, die jemand anderes besser erzählen kann.«

Me'kai führte sie zu einer der Moosliegen. Auf ihr lag eine Meerjaner-Frau. Ihr Haar war rot, genauso wie auch ihr Fischschwanz. Im Gesicht hatte sie einen Ausschlag, ihre Augen blickten trübe zu ihnen auf. »Hallo, Me'kai.«

»Ich grüße dich, Me'jana.« Me'kai lächelte sie an. »Du wirst nicht glauben, was geschehen ist. Ich bringe Besucher aus dem Flüsterwald mit.«

Mit großen Augen blickte die Meejanerin nacheinander auf Rani, Dundi, Jacub und Lukas. »Was hat euch denn ins Flüstermeer verschlagen?«

»Wir brauchen Hilfe.« Lukas kam sich schäbig vor, das auszusprechen. »Auch, wenn wir es nicht verdient haben.«

Me'janas Blick wurde weich. »Jeder hat Hilfe verdient, wenn er sich in Not befindet. Die Frage ist eher, ob wir in der Lage sind, sie zu gewähren.«

»Erzähl Me'jana, was du mir berichtet hast«, bat Me'kai Lukas.

Lukas kam der Aufforderung nach und fasste kurz zusammen, was mit den Flüsterwäldern geschehen und was der Plan der Zauberin war. Er erwähnte auch, dass ihnen nicht viel Zeit blieb.

»Das wundert mich nicht«, flüsterte Me'jana, nachdem sie Lukas' Erzählungen gelauscht hatte. »Als sie ging, war sie wütend. So unendlich wütend. Wir anderen waren nach der langen Zeit des Leidens und der verzweifelten Suche nach Auswegen müde, doch sie schwor Rache. Dafür, dass man uns vergessen hat.«

Lukas schluckte. »Ihr wisst also, wer die Zauberin ist?«

»Ihr Name ist Me'rina«, sagte Me'jana traurig. »Sie war meine Seelenhälfte.«

»Bitte was?«, fragte Lukas.

»Gefährtin nennt ihr das, glaube ich. Wenn man gemeinsam durchs Leben geht«, erklärte Me'jana und fuhr fort: »Ich bin irgendwann aufgrund des Giftwassers sehr krank geworden. Me'rina schickte Nachrichten an das Herz des Waldes, tauchte durch die alten Pfade in die anderen Flüsterwälder und sandte auch dort Hilferufe an die Waldseelen aus. Sie war verzweifelt, dass es mir so schlecht ging, und suchte nach allen möglichen Wegen, um mir zu helfen. Doch niemand antwortete.«

Lukas nickte mitfühlend. »Ich begreife langsam ihren Schmerz. Euren Schmerz. Aber wenn wir Me'rina nicht aufhalten, wird nichts mehr vom Flüsterwald übrig bleiben. Auch die Stadt der Menschen, die an unseren Flüsterwald angrenzt, wird untergehen. Das könnt ihr doch nicht wollen.«

»Natürlich nicht«, warf Me'kai ein. »Das geht zu weit. Es ist niemals gut, wenn Menschen oder Tiere verletzt werden.«

»Das waren auch meine Worte«, bestätigte Me'jana. »Doch sie hat nicht gehört. Sie sah, wie alles um uns herum verblasste und die Lebewesen krank wurden.« Sie seufzte.

»Aber am besten fange ich ganz am Anfang an. Damit ihr versteht, wie es zu all dem kommen konnte.«

Und Me'jana berichtete.

Die Geschichte der Zauberin

Lukas

»Als ich krank wurde, setzte Me'rina alles daran, ein Heilmittel zu finden«, berichtete Me'jana. »Sie studierte historische Schriften und durchsuchte die anderen Flüsterwälder. Sie nutzte die alten Pfade unter Wasser, um jene Wälder zu erreichen, die nicht mehr existieren.«

Lukas wusste, dass es Flüsterwälder gab, die vor langer Zeit aufgehört hatten zu existieren. Legenden rankten sich um sie und auch der Professor hatte dort nach Artefakten gesucht. Vor vielen Jahren sogar mit anderen Wissenschaftlern. Doch deren Wege hatten sich getrennt. »Aber sie hat kein Heilmittel gefunden, richtig?«, schlussfolgerte

Lukas. Schließlich lagen Me'jana und die anderen noch immer hier.

»Wie man es nimmt. In einer alten Ruine hat sie ein Heilwasser entdeckt, das einen angeblich vor allen möglichen Giften bewahren und jegliche Vergiftungen rückgängig machen sollte. Sie brachte eine kleine Probe hierher zurück, doch um wirklich damit heilen zu können, fehlte ihr eine wichtige Komponente: heller Elfenstaub. Das Heilwasser alleine war leider nutzlos.« Me'jana seufzte und Lukas sah ihr an, dass die Erinnerungen daran ihr immer noch zusetzten. »Bevor sie die Spur mit dem Heilwasser und dem Elfenstaub weiterverfolgen konnte, traf sie auf jemanden, der ihr einen schnelleren Ausweg versprach: einen fertigen Heiltrank. Es war natürlich riskant, einen unbekannten Trank auszuprobieren, und letztendlich hatte er auch nicht die Wirkung, die wir uns von ihm versprochen haben.«

»Von wem hat sie den Trank bekommen?«, wollte Jacub wissen.

»Me'rina hat es mir nie erzählt. Sie setzte nur all ihre Hoffnungen in diesen Trank. Da ich jedoch durch das Gift bereits sehr geschwächt war, erschien es ihr zu gefährlich, mir den unbekannten Heiltrank zu geben. Sie selbst verspürte lediglich kleine Nebenwirkungen des Giftwassers und wollte den Trank daher zuerst an sich selbst ausprobieren.« Me'janas Blick verdüsterte sich und sie holte schwer Luft, bevor sie schließlich weitersprach. »Der Trank war gefährlich. Ja, in gewisser Weise hatte er eine heilende Wirkung – aber seine Nebenwirkungen waren katastrophal. Me'rina veränderte sich.« Me'jana brach erneut ab und Lukas spürte, dass sie eine Pause brauchte.

Nach einer Weile fuhr sie fort: »Me'rina wurde aggressiv. Ich erkannte sie kaum noch wieder. Der angebliche Heiltrank veränderte sie immer stärker, sie war bald durchtränkt von Hass und Wut. Irgendwann erwischte ich sie dabei, wie sie *absichtlich* diese braunen Schlieren aus dem Giftwasser einatmete. Sie sagte, es würde sie stärker machen, mächtiger. Und tatsächlich, gegen das Giftwasser war sie immun, dafür schien sie nun geradezu abhängig davon zu sein. Ich befürchtete, dass es mit Me'rina bald zu Ende gehen würde.«

»Gestorben ist sie nicht«, bemerkte Lukas. »Und schwach ist sie ebenso wenig.«

»Dieser Trank hat ihr Wesen komplett verändert. Sie verhielt sich immer merkwürdiger. Irgendwann hat sie sich eine Wasserblase erschaffen – wir haben sie früher benutzt, wenn wir länger an die Oberfläche mussten – und sie hat sie mit brackigem Giftwasser gefüllt.«

Ella hatte Lukas erzählt, dass die Blase um die Zauberin herum genau so ausgesehen hatte: giftiges Wasser im Inneren, Nebel außen herum. Auf diese Art hatte niemand erkennen können, wer sich dahinter verbarg.

»Und dann ist sie irgendwann einfach verschwunden und nicht mehr zurückgekehrt«, sagte Me'jana schwer seufzend.

»Alles hat also mit diesem angeblichen Heiltrank begonnen«, fasste Lukas zusammen. »Wenn wir nur wüssten, von wem sie ihn bekommen hat.« Doch sosehr er auch grübelte, er kam auf keine Lösung.

Rani war bisher auffallend still gewesen. Nun schwamm er zu der Meerjanerin und ließ sich neben ihr auf dem Moos nieder. »Ich könnte dir einen Witz erzählen, damit du nicht so traurig bist.«

»Nur zu, kleiner Menok.«

Rani plusterte seine Brust auf. »Ich bin kein kleiner Menok, ich bin ein lustiger Menok.« Er räusperte sich. »Fragt Frau Muselputz vom Kiosk Cani, ob er auch mal ›genug‹ hat. Darauf erwiderte Cani: Ja. Aber nur Schokolade.«

Stille.

»Ich würde lachen, aber ich bin zu krank«, sagte Me'jana.

Immerhin begann Rani daraufhin, sie zu streicheln. Seine Witze waren einfach nicht lustig, doch das konnte

Lukas ihm auf keinen Fall sagen. Möglicherweise würde der Schock direkt eine weitere Schubphase auslösen und wer weiß, was sie dann erwartete.

»Gibt es denn noch Aufzeichnungen von Me'rina?«, fragte Jacub. »Zu ihren Forschungen? Oder existieren sogar noch der angebliche Heiltrank oder ihre Heilwasserprobe?«

»Sie hatte ein eigenes Labor, in dem sie geforscht hat«, erwiderte Me'kai. »Wir haben daran nichts verändert. Es müsste sich also alles dort befinden.«

»Dürfen wir uns das mal ansehen?«, fragte Jacub. »Ich kenne mich mit Zaubertränken aus. Vielleicht lassen sich daraus weitere Hinweise ablesen. Oder es gelingt mir sogar, ein Gegenmittel herzustellen. Vielleicht sogar ein Gegenmittel, das euch allen hilft, wieder gesund zu werden.«

»Ich bringe euch hin«, sagte Me'kai.

Lukas sah dem Meerjaner an, dass er nicht wirklich daran glaubte, dass sie ein erfolgreiches Gegenmittel fanden. Das Unterwasservolk hatte bereits so lange mit dem Problem des Giftwassers gelebt, dass es sich wohl gar nicht mehr vorstellen konnte, wie sich frisches Wasser anfühlte.

Sie verabschiedeten sich von Me'jana und tauchten durch die Straßen der Korallenstadt. Hinter den Fenstern der

Häuser wimmelte es von Schatten; immer wieder spähte ihnen jemand hinterher. Ihre Anwesenheit musste sich längst herumgesprochen haben.

Me'rinas Labor lag abseits der übrigen Gebäude. Es war ein flacher Korallenbau, der sich an den Boden schmiegte wie eine Muschel. Es gab knollige Auswüchse, ein Beet aus Unterwasserblumen und einen Zaun, der alles umgab.

»Das wirkt total schön«, schwärmte Dundi.

Me'kai schwamm tiefer Richtung Meeresboden. »Ihr hättet sehen sollen, wie es war, bevor das Gift in die Korallenstadt eingedrungen ist. Hier war alles bunt.«

Nacheinander kamen sie vor dem Eingang auf. Der Boden war sandig, nicht festgetreten. Vermutlich benutzten ihn die Meeresbewohner nicht oft. Schließlich konnten sie umhertauchen. Das wäre, als könnte Lukas fliegen und würde es nicht tun – wobei er das mithilfe des Flugpulvers ja tatsächlich konnte, nur durfte das niemand sehen. Aber bestimmt wäre er sonst nicht mehr so viel gelaufen.

Die Eingangsschleuse öffnete sich vor ihnen.

Das Innere des Labors war vollgestellt mit allerlei Glasbehältern, bauchigen Tiegeln und schmalen Reagenzgläsern. Wachspapier lag auf dem Tisch, befüllt mit unleserlichen Zeichen. Ohne die Tätowierungen, die ihnen das

Herz des Waldes gegeben hatte, hätten sie die Sprache der Meerjaner gar nicht verstanden. Schriftzeichen wurden dadurch allerdings nicht übersetzt.

»Seht mal.« Jacub hielt ein Wachspapier in die Höhe. »Das hier ist nicht von Me'rina. Die Worte darauf sind in einer anderen Sprache.«

»Elfenschriftzeichen«, stellte Lukas fest. »Es sieht aus wie ein Rezept.«

Jacub runzelte die Stirn, ließ seine Finger über die Zeilen gleiten. Dann begann er, unruhig im Labor hin und her zu gehen. Dabei berührte er sämtliche befüllten Gläser und Flakons.

»Was tust du da?«, fragte Rani.

»Ich erspüre die Zutaten und die Wirkungen der Tränke«, erklärte Jacub. »Wenn ich das einmal getan habe, kann ich jederzeit selbst die Tränke nachbrauen, vorausgesetzt natürlich, ich habe die Zutaten.«

Der tschechische Junge hatte fast das ganze Labor durchkämmt, als er zusammenzuckte. In seinen Fingern hielt er ein Reagenzglas mit einer dunklen Flüssigkeit. »Ich glaube, ich habe den angeblichen Heiltrank gefunden, den Me'rina ausprobiert hat«, verkündete er. »Dieser Trank enthält Heilwasser. Aber hier ist auch etwas drin, was nicht hineingehört. Es stört die natürliche Verschmelzung der einzelnen Komponenten.« Er runzelte die Stirn und wechselte einen schnellen Blick mit Lukas. »Ich glaube, ich weiß jetzt, womit Me’rina vergiftet wurde.«

Der Elfenstaub-Trick

Ella

Davids Wunden bildeten noch immer schwarze Fäden auf seiner Haut aus. Er hatte sich bisher zum Glück noch nicht in eine Katze verwandelt, fauchte nur ab und zu feindselig, als Felicitas endlich eintraf.

»Das sieht ja schlimm aus«, sagte die Elfe.

»Die Katzen haben ihre Krallen mit dem Trank eingerieben«, erklärte Ella. »Jeder, der gekratzt wird, verwandelt sich in eine Angreiferkatze.«

Die Elfe flatterte aufgeregt hin und her. »Aber es sind schon einige Verteidiger von den Krallen erwischt worden.«

»Sie unterlaufen unsere Verteidigung von innen«, sagte Ella. »Und die Zeit arbeitet für sie, sie haben ja keine Eile.«

Die Elfe besah sich die Wunde genauer. »Ich werde einen Zauber ausprobieren.«

»Ehrlich gesagt war das meine Hoffnung«, sagte Ella und deutete in die Ferne, wo das Teekind sich aufgeregt mit anderen unterhielt. »Die Teekinder finden keine Lösung für Davids Verletzung.«

Felicitas stieg in die Höhe.

Ella wusste, dass in der so winzig wirkenden Elfe eine große Kraft wohnte. Ein Teil der Waldseele war noch immer in ihr vorhanden, das Echo der alten Macht. Damit war Felicitas nach wie vor die stärkste aller Elfen, ihr fehlte nur manchmal etwas Selbstbewusstsein.

Elfenstaub wirbelte.

Und wirbelte.

Und wirbelte.

»Da stimmt etwas nicht«, hauchte Felicitas entsetzt. »Der Zauber entfaltet sich nicht. Es ist, als würde etwas meinen Staub festhalten.«

Doch das war nicht einmal das Schlimmste. Der Elfenstaub verfärbte sich, wurde dunkel.

Felicitas erbleichte. »Das ist unmöglich.«

»Was denn, sag schon!«

Überall blickten Flüsterwäldler zu ihnen hinüber. Gleichzeitig stoppten die Angreiferkatzen ihre Attacke und zogen sich hinter Ajalas Erdwall zurück.

»Der Staub hat sich dunkel verfärbt«, flüsterte die Elfe. »Dies kann nur dunkler Elfenstaub bewirken, eine Magie, die lediglich Dunkelelfen beherrschen. Und die gibt es schon lange nicht mehr.« Die Elfe schaute entsetzt auf den freigesetzten und fast schwarzen Elfenstaub. »Ich verstehe nicht, wie das sein kann, aber in dem Katzenwandeltrank muss sich dunkler Elfenstaub befinden: Als ich gerade versucht habe, Davids Wunde zu heilen, hat der dunkle Elfenstaub darin meinen hellen Elfenstaub abgestoßen und ihn ebenfalls dunkel gemacht.«

Ella starrte auf den schwarzen Elfenstaub, der noch immer vor ihnen in der Luft hing.

Doch erst im nächsten Augenblick verstand sie, was genau dahintersteckte. Alles war ein Teil von Zottelfells ausgeklügeltem Plan: Eine unheilbare Wunde konnte auf natürlichem Wege nicht behandelt werden. Irgendwann griff man auf die Hilfe der Elfen zurück. Und damit hatte Felicitas genau das getan, was Zottelfell wollte: Der Elfenstaub hatte das Wandelgift aus Davids Wunde aufgenommen und sich dunkel verfärbt, nun flirrte es über die Verteidiger hinweg, sank herab und drang in ihre Körper ein.

Die Teekinder, die Menoks, die Wokkeliks – alle begannen zu fauchen. Ihre Rücken krümmten sich, Fell spross.

»Sie werden zu Angreiferkatzen«, hauchte Ella.

Selbst Ajala, Noah und Zoe veränderten sich. Gleichzeitig schloss sich die Wunde in Davids Arm. Der dunkle Feenstaub hatte das Gift herausgezogen, dafür aber über alle anderen verteilt.

Der amerikanische Junge kam wackelig auf die Beine. »Was ist passiert?«

Ella rechnete damit, jeden Moment die Wirkungen des Wandelgifts zu spüren, doch ihr ging es gut. »Ich merke nichts.«

»Du warst schon einmal eine Katze, du bist für das Wandelgift vermutlich nicht so anfällig. Ich bin sowieso immun als Elfe.«

»Prinzessin, wir müssen hier weg.« Punchy stand plötzlich neben ihnen. »Sobald die Wandlung abgeschlossen ist, werden wir attackiert.«

Sogar Jul verwandelte sich im Zeitraffer von einer Taube in eine Baby-Katze.

»Aber wohin?«, fragte David. »Gibt es noch irgendeinen Unterschlupf?«

»Die Burg umgibt eine magische Barriere gegen alles, was dem Herzen Böses will«, erklärte Punchy. »Sie ist vermutlich stark genug, um die Katzen aufzuhalten. Die Zauberin hingegen wird sie nicht abhalten. Dann könnte nur noch das Herz die Burg verteidigen.«

Ella blickte nach oben zur Stadt der Zauberschwingen. Die Waldseele würde bis zum letzten Augenblick versuchen, den Sturz aufzuhalten, auch über das Ende ihrer eigenen Existenz hinaus. »Los!«

Felicitas sauste durch ein Fenster der Herzburg. Punchy gelang es, selbst an gewölbten Steinen mit Grazie und Anmut emporzuspringen, und folgte ihr. Ella warf eine Handvoll Flugpulver über David. Sie stießen sich beide ab. Als sie auf dem Fenstersims gelandet waren, wandte Ella sich noch einmal um.

Unter ihr fauchten immer mehr Flüsterwäldler, Katzenfell spross unaufhörlich und Blicke wurden hasserfüllt in die Höhe gerichtet. Fast alle Verteidiger hatten sich verwandelt. Die Elfen, die von der Verwandlung nicht betroffen waren, wurden umzingelt.

Zottelfell und seine Katzen sprangen soeben über den Erdwall und kamen näher. Der Anführer der Angreiferkatzen näherte sich gemächlich, wiegte die Hüften hin und her.

Felinde von Siebenstern und ihre Elfenkämpfer lagen am Boden, von magischen Fesseln aus dem Hinterhalt gebunden und niedergestreckt.

Zottelfell blickte zu Ella hinauf. »Ihr verliert, kleines Menschenmädchen.«

»Noch ist es nicht vorbei!«

»Wie heroisch von dir.« Er schickte ein Miau hinterher. »Aber am Ende hat keiner eurer Pläne funktioniert. Wir sind euch immer einen Schritt voraus. Sag mir, wo ist Lukas? Ich hätte ihn ja gerne auch noch einmal gesehen, bevor meine Herrin ihn zu Stein verwandelt.«

»Er ist in der Burg«, behauptete Ella.

»Wie feige. Und ich dachte, Menschenjungs seien mutig.«

Ella wusste, dass Zottelfell sie nur provozieren wollte. Sie wandte sich ab und sprang auf den Boden des Burggangs. »Das sieht nicht gut aus.«

Bevor jemand etwas sagen konnte, kam eine weitere unterarmgroße Sternschnuppe herangesaust. Mirabella von Sommerlicht hatte es ebenfalls in die Burg geschafft.

»Sie haben die Königin. Und alle haben sich in Katzen verwandelt.« Sie raufte sich die Haare. »Was sollen wir denn jetzt tun? Ich mache mich nicht gut als Statue!«

»Keiner von uns«, gab Felicitas zurück, äußerlich komplett ruhig. »Aber wir werden das schaffen.«

»Ach, machst du jetzt eine auf königlich, oder was?«, platzte Mirabella heraus.

»Eine von uns muss ja Haltung bewahren.« Felicitas stemmte die kleinen Fäuste in die Hüfte.

»Bisher hast du dich dadurch aber nicht ausgezeichnet.«

»Leute!«, rief Ella. »Wir sind die letzten Verteidiger des Flüsterwaldes. Vielleicht verschiebt ihre eure Attacken auf später?«

Punchy gab ein zustimmendes Maunzen von sich. »Ich habe eine Idee. Doch zuerst muss ich etwas überprüfen. Bleibt in der Burg, hier seid ihr erst mal sicher.«

Mit einem *Wusch*-Geräusch verschwand Felicitas' Beschützerin über die Schatten in den Katzenlinien.

Ella hätte gerne Genaueres erfahren, doch Pedora Ulinde Naftet von Chibalka war schon fort.

»Sie lässt uns einfach allein.« Mirabellas Schultern sackten herab. »Jetzt sind wir beide die letzten freien Flüsterwäldler.« Dabei blickte Mirabella traurig zu Felicitas. Natürlich wusste sie nicht, dass Rani, Dundi, Lukas und Jacub noch im See der Meerjaner unterwegs waren. »Am Ende werde ich allein übrig sein.«

»Wieso du?«, fragte Felicitas.

»Nun ja, ich bin schlauer, stärker und schöner«, erklärte Mirabella gelassen. »Deshalb erwischt es dich zuerst. Du wirst zu einer Statue. Und ich werde tragisch ganz am Ende als Letzte gehen.«

»*Ich* werde als Letzte gehen!«

»Du gönnst mir auch gar nichts.«

»Das sagst ausgerechnet du!« Felicitas' Augen sprühten Blitze. »Wer hat mich denn bei der letzten Preisverleihung der Blumenjury ›versehentlich‹ von der Bühne geschubst – direkt in eine Gruppe Minninninnis?!«

Die beiden Elfen warfen sich gegenseitig wütende Anklagen an den Kopf.

»Wollen wir einfach gehen?«, fragte David Ella.

»Wohin denn?«

»Egal, nur weg.«

Sie gingen davon. Felicitas und Mirabella bemerkten es nicht einmal.

Atempause

Ella

Ella und David hatten sich dazu entschieden, den Thronsaal aufzusuchen, um dem Herz des Waldes die schlechten Nachrichten zu überbringen. Doch die Waldseele war weiterhin durchscheinend und blass, reagierte nicht auf Ansprachen.

»Dann können wir nur hoffen, dass Punchy eine richtig gute Idee hat oder Lukas und die anderen auf Antworten stoßen, die uns weiterhelfen«, sagte Ella.

Sie verließen den Thronsaal und stiegen hinauf auf die Zinnen. Ella wollte nicht im Inneren der Burg sitzen und einfach nur abwarten, bis die Angreiferkatzen irgendwann die Mauer überwanden. Lieber wollte sie der Gefahr ins Auge blicken.

Unter ihnen breitete sich ein Meer aus pelzigen Körpern aus, die mit eitrig-gelben Augen in die Höhe blickten. Immer wieder erklangen Fauchlaute.

»Wir hätten besser aufpassen müssen«, sagte David mit traurigen Augen. »Die Zeichen waren überall zu sehen, aber wir haben nicht hingeschaut.«

Er saß auf einer der Zinnen, hatte die Arme um die Beine geschlungen und blickte hinab. Auf seinem Gesicht schimmerte das Mondlicht, der Wind zerzauste seine Haare.

»Hast du auch Beschützer-Freunde?«, fragte Ella.

»Schon, aber meine Flüsterwald-Freunde sind versteinert und meine beste Freundin, die ein Mensch ist, ist gerade im Urlaub. Sie hat noch keine Ahnung, was passiert.« Er seufzte schwer. »Es wird sie total aus der Bahn werfen. Der Flüsterwald ist ihr zweites Zuhause. Wir sind jeden Tag dort.«

Bei dem Gedanken, das alles hier zu verlieren, wurde Ellas Herz schwer. Sie hatte nie darüber nachgedacht, was geschehen würde, sollten sie tatsächlich am Ende keine Lösung finden. Bisher hatte es immer noch eine Hoffnung gegeben, einen weiteren Schritt. Aber jetzt sah sie zum ersten Mal keinen Ausweg mehr.

Hinter ihnen erklang das leise Sirren von Elfenflügeln.

Felicitas und Mirabella schwebten neben ihnen auf eine Zinne herab und blickten nach unten.

»Das sieht furchtbar aus«, sagte Mirabella. »Ich hätte nie gedacht, dass es so weit kommen würde.«

»Keiner von uns«, erklärte Ella.

Ihr fiel wieder ein, dass Mirabella mit einem besonderen Suchzauber dabei geholfen hatte, dass Lukas und die anderen die Spur nach Australien hatten aufnehmen können, wo Ella von der Zauberin gefangen gehalten worden war. »Ich wollte dir noch für deine Hilfe danken.«

»Das ist selbstverständlich.« Mirabella schenkte Ella ein Lächeln. »Wenn man Freunde verloren hat, ist es wichtig, nach ihnen zu suchen, bis man sie gefunden hat.«

Sie berührte das Medaillon, das an ihrem Hals hing.

»Lukas hat mir erzählt, dass du auch einen Freund vermisst und deshalb Spezialistin für Suchzauber geworden bist.« Ella nickte in Richtung des Medaillons.

Mirabella öffnete es. Darin befand sich das Foto eines Elfenjungen, der breit grinste. Über seinem rechten Auge prangte eine Narbe. »Das ist Leno. Er ist einfach verschwunden. Kein Zauber kann ihn aufspüren, egal, was ich versuche.«

»Ich kann dir nur versichern, was auch Lukas schon gesagt hat: Wenn das hier vorbei ist – und wir keine Statuen sind –, helfen wir dir, ihn zu finden.«

»Ihr seid liebe Menschen«, sagte Mirabella gerührt. »Im Unterricht haben wir immer nur etwas über den dunklen Magier gelernt und dass ihr Menschen gefährlich seid. Aber vielleicht sollte man die Sicht auf Menschen mal erweitern.«

»Das finde ich auch«, sagte Felicitas.

Es war selten, dass die beiden Elfen einer Meinung waren. Wieso musste nur immer erst die Welt – oder Flüsterwälder untergehen –, dass die Wesen sich annäherten? Das war traurig.

Mirabella klappte das Amulett wieder zu. Es war ihr anzusehen, dass sie den Elfenjungen sehr mochte und sein Verschwinden sie mitnahm. So musste es auch für Lukas, Felicitas, Punchy und Rani gewesen sein, als Ella entführt worden war. Und erst recht für ihre Mutter.

Unweigerlich blickte Ella in die Ferne, wo irgendwo hinter den Wipfeln des Flüsterwaldes Winterstein zu finden war. Mittlerweile hatten sich vermutlich Suchtrupps gebildet, die ihrem Verschwinden nachgingen. Die Polizei war eingeschaltet, ihre Mutter vor Sorge sicherlich völlig am Ende.

In diesem Augenblick hätte Ella ihr gerne eine Nachricht

geschickt. Dass es ihr gut ging, sie unverletzt war und bald wieder nach Hause kommen würde.

Natürlich spielte das alles keine Rolle mehr, sollte der Felsen der Zauberschwingen wirklich auf Winterstein herabfallen.

»Du könntest jederzeit abhauen, David«, sagte Ella. »Verwandle dich in einen Adler und fliege zurück nach Hause.«

»Amerika ist ganz schön weit weg«, erwiderte David. »Außerdem … das käme mir feige vor. Du könntest doch auch mit dem Flugpulver davonfliegen und dich in Winterstein verstecken. Oder noch weiter weg.«

Ella wollte etwas erwidern, konnte am Ende aber nur nicken. Es fühlte sich schrecklich an, alle hier im Stich zu lassen. Sie waren die Beschützer des Waldes, eine Aufgabe, die sie freudig übernommen hatten. Es konnte doch nicht sein, dass jetzt alles vorbei war. Und das, weil sie in die Falle mit dem dunklen Elfenstaub getappt waren.

»Wie ist Zottelfell überhaupt an den dunklen Elfenstaub herangekommen?«, fragte Ella.

»Ich weiß es nicht«, erwiderte Felicitas.

»Wir haben im Unterricht gelernt, dass schon lange keine Dunkelelfen mehr existieren. Es gibt Geisterelfen in Australien und Unterwasserelfen im Flüstermeer. Und noch ein paar andere kleinere Völker in Irland und Schottland.« Mirabella wedelte sich mit der Hand Luft zu, bevor sie weitersprach. »Aber die Dunkelelfen sind der einzige Stamm, der böse war.«

Felicitas nickte bestätigend. »Die Lehrer verraten uns nicht viel über sie. Es wird ein großes Geheimnis um sie herum gemacht. Aber die Dunkelelfen benutzten dunklen Elfenstaub.«

»Den hast du aber sofort erkannt.« Ella erinnerte sich daran, dass Felicitas' Reaktion augenblicklich gekommen war, als sich ihr eigener Elfenstaub in dunklen verwandelt hatte. »Wie das?«

»Es gibt ein paar Reste davon, die im Elfenpalast verwahrt werden«, erklärte sie. »Einmal im Jahr wird eine Phiole damit gefüllt und in die Internate gebracht. Dann bekommen wir gezeigt, wie er mit unserem Elfenstaub reagiert.«

»Könnte die Zauberin den dunklen Elfenstaub gestohlen haben?«, fragte Ella.

Wie war dieser bis zu den Meerjanern gelangt? Denn die böse Zauberin war ja eine Meerjanerin.

»Er ist wirklich sehr gut bewacht«, sagte Felicitas. »Es ist unwahrscheinlich, dass die Zauberin ihn gestohlen hat. Meine Mutter müsste das überprüfen, aber sie kann ja leider momentan nicht. Ich habe wirklich keine Erklärung dafür, wie Zottelfell und die Zauberin darangekommen sein könnten.«

Und Ella musste zugeben, dass der Plan ihrer beiden Gegner brillant war: die Krallen der Angreiferkatzen mit dem Trank zu benetzen, woraufhin sich alle verwandelten, die von ihnen gekratzt wurden. Und gleichzeitig zu wissen, dass der dunkle Elfenstaub im Wandeltrank mit dem Elfenstaub der gewöhnlichen Elfen reagierte. Wodurch fast sämtliche Flüsterwaldwesen auf einen Schlag verwandelt worden waren.

In Australien hatte Zottelfell die Phiole mit dem Wandeltrank von ihnen erbeutet, danach hatte er problemlos den Elfenstaub hineintun können. Oder war er bereits vorher darin gewesen? Ella hätte das zu gerne ihren Großvater gefragt, doch leider war er schon versteinert worden.

In welche Richtung sie auch dachte, überall warteten nur Fragezeichen und Rätsel. Und niemand war da, der ihr Antworten darauf geben konnte.

Wirklich gar niemand?

Oder doch?

»Ich habe eine Idee!«, rief sie und sprang freudig in die Höhe.

»Gott sei Dank«, kam es von David. »Hier zu sitzen und nichts zu tun, ist unerträglich. Leg los.«

Ella grinste und verkündete ihren Plan.

Jacub

Lukas

Lukas starrte Jacub gebannt an: Er hatte tatsächlich den falschen Heiltrank im Labor der Zauberin gefunden. Nach dem, was Me'jana ihnen erzählt hatte, lag die Vermutung nahe, dass Me'rina mit diesem Trank vergiftet worden war. Mit diesem Trank hatte alles begonnen und das Wesen der Zauberin hatte sich verändert. Und nun hatte Jacub mithilfe seiner Gabe tatsächlich erspürt, um welches Gift es sich handelte.

»Dunkler Elfenstaub«, sagte Jacub entschieden. »Neben dem Heilwasser befindet sich eindeutig dunkler Elfenstaub in diesem Trank.«

Me'kai runzelte die Stirn. »Ich kann das kaum glauben. Woher sollte jemand dunklen Elfenstaub nehmen? Dunkelelfen gibt es meines Wissens seit Jahrhunderten nicht mehr.«

»Dazu kann ich nichts sagen«, kam es von Jacub. »Aber hier drinnen befindet sich definitiv welcher und er verstrahlt böse, zersetzende Magie.«

Der angebliche Heiltrank, den jemand der Zauberin zur Verfügung gestellt hatte, bestand also aus Heilwasser und dunklem Elfenstaub. Und Letzterer hatte offensichtlich für all die Wesensveränderung der Zauberin gesorgt.

Jacub blickte auf die Tränke im Labor der Zauberin und dachte nach. Dundi beäugte die Gegenstände interessiert und Rani hatte den kaputten Lockenwickler-Stab hervorgezogen. Misstrauisch fuhr er damit alle Phiolen ab.

»Wenn irgendwo Gefahr droht, wird er mich warnen«, versicherte der Menok dem Regenbogengürteltier.

»Möglicherweise könnte ich ein Gegenmittel herstellen«, sagte Jacub schließlich. »Ein Gegenmittel, das aus Heilwasser und hellem Elfenstaub besteht. Dazu müssten wir nur irgendwie an das Heilwasser rankommen. Me'jana hatte doch berichtet, dass auch die Zauberin bei ihren Forschungsreisen auf Heilwasser gestoßen ist. Nur dass sie damit nicht heilen konnte, weil ihr heller Elfenstaub fehlte. Leider konnte ich in keiner der Phiolen in ihrem Labor das Heilwasser aufspüren. Es scheint nicht mehr da zu sein.«

Me'kai starrte Jacub mit großen Augen an. »Willst du damit sagen, du könntest einen Heiltrank herstellen, der Kranke wieder gesund macht?«

»Mit den Zutaten, ja. Es würde bei jedem Wesen wirken, das durch Giftwasser erkrankt ist oder durch dunklen Elfenstaub verändert wurde.«

»Also bei den Meerjanern? Und auch bei der Zauberin?«, fragte Lukas.

Jacub nickte. »Bei den Meerjanern auf jeden Fall. Bei der Zauberin auch, aber wir müssten sie natürlich irgendwie dazu bringen, es zu trinken«, erklärte er. »Sie war damals bei ihren Forschungen nach einem Heilmittel gegen das Giftwasser schon sehr nah an einer Lösung gewesen. Sie war ja ebenfalls auf Heilwasser gestoßen, ihr fehlte lediglich der helle Elfenstaub.«

»Woher willst du denn den hellen Elfenstaub nehmen?«, fragte Me'kai misstrauisch. Es war ihm anzusehen, dass er sich nicht leichtfertig einer falschen Hoffnung hingeben wollte.

Jacub grinste und zog eine silberne Dose aus der Tasche. »Mein Zaubertrank-Lehrer hat gesagt: Jacub, du solltest immer eine Dose mit hellem Elfenstaub bei dir haben. Und wenn es nur den Geschmack verbessert.«

Es war der erste Lichtblick seit langer Zeit. Dennoch standen sie immer noch vor der Frage, wie sie an das Heilwasser herankommen sollten.

Me'kai hatte nun sichtlich Feuer gefangen, das sah Lukas ihm an. Der Meerjaner-Junge schwamm aufgeregt hin und her. »Ich glaube, ich kann herausfinden, wo Me'rina damals auf das Heilwasser gestoßen ist. Sie hat immer wieder Anfragen an den Rat gestellt, damit dieser ihr Expeditionen durch die alten Wasserverbindungen gestattet. Dafür musste sie stets einen Bericht abliefern. Wartet hier.«

Wie ein Goldfisch, der zu viel Zucker geschleckt hatte, schoss Me'kai davon.

Rani suchte weiter mit seinem Lockenwickler-Stab die Wand ab, Dundi trippelte hinter ihm her.

»Die Zauberin hat so viele furchtbare Dinge getan, doch irgendwie ist sie auch selbst ein Opfer«, sagte Lukas. »Diese schlimme Entwicklung hier unten hätte niemals passieren dürfen.«

»Beim nächsten Mal sind wir schlauer«, entgegnete Jacub. »Wir werden alle besser aufeinander achtgeben. Und wenn ich den Trank herstellen kann, hilft er dem Flüsterwald und dem Flüstermeer gleichermaßen.«

Bis Me'kai mit Informationen zurückkehrte, konnten sie lediglich warten, weshalb Lukas eine Frage stellte, die ihm schon länger unter den Nägeln brannte. »Wie hast du eigentlich deinen Flüsterwald gefunden?«

Jacub setzte sich auf die Werkbank und ließ die Beine baumeln. »Ich habe mich immer für Chemie interessiert. Damit kann man so viele tolle Dinge machen. Eines Tages habe ich bei uns im nahen Wald eine seltsame Blume entdeckt und untersucht. Dabei muss ich wohl einen Fehler gemacht haben, denn mein Experiment … nun ja.« Er hustete. »Es ist explodiert.«

»Oh nein!«

»Mir ist nichts passiert, aber irgendwie ist der Blütenstaub in mich eingedrungen«, erklärte Jacub. »Von da an konnte ich Zusammensetzungen in Flüssigkeiten erspüren und mit den Grundkomponenten sogar magisch innerhalb von Sekunden nachproduzieren. Meine Eltern waren sauer, weil ich in ihren Augen gefährliche Experimente gemacht hatte, also bekam ich Hausarrest. Und als ich mich eines Nachts in den Wald weggeschlichen habe, sah der plötzlich total anders aus.«

»Du brauchst überhaupt kein Flüsterpulver?«

»Die anderen haben mir im Magieunterricht von dem Pulver erzählt. Jeder nennt es anders. Aber ich brauche keines. Und meine beste Freundin auch nicht. Wir haben das Experiment nachgestellt. Sie bekam zwar ein paar angesengte Augenbrauen davon, aber danach konnte sie ebenfalls den Flüsterwald sehen.«

»Das ist ja mal praktisch. Kein Flüsterpulver. Wir mussten extra in unsere Schule fliegen, heimlich ins Chemielabor einbrechen und dort das Pulver herstellen. War gar nicht so einfach. Aber am Ende hat es geklappt.«

»Euer Flüsterwald war im Unterricht lange ein Mythos«, sagte Jacub. »Weil das Herz sich zurückgezogen hatte. Als es vor Kurzem zurückkehrte, waren alle ganz aufgeregt und es gab Gerüchte.«

»Ella und ich wussten lange Zeit nicht einmal, dass es andere Flüsterwälder dort draußen gibt. Oder Magieunterricht. Das klingt so toll.«

»Wenn wir das hier überstanden haben, zeige ich dir alles. Mir macht der Unterricht in magischen Tinkturen und Tränken natürlich am meisten Spaß, aber da habe ich es auch am einfachsten.«

Lukas fragte sich, was ihm wohl am besten gefallen würde. Es war schön, für einen Moment unbeschwert an die Zukunft zu denken, denn eigentlich wussten sie nicht, ob es die Flüsterwälder morgen überhaupt noch geben würde.

Endlich kehrte Me'kai zurück. »Ich weiß jetzt, wohin

Me’rina gereist ist. In den Unterlagen stand, wo sie die Heilwasserprobe entnommen hat. Wir müssen in einen der alten verlorenen Flüsterwälder reisen.« Er wartete aufgeregt am Eingang des Labors auf sie und winkte ihnen ungeduldig zu. »Kommt schon!«

Rani verstaute seinen Lockenwickler-Stab und sie folgten dem Meerjaner hinaus aus dem Labor. Er schwamm mit ihnen durch die Straßen der Korallenstadt. Schließlich passierten sie die schützende Kuppel.

Sie schwammen weiter und Lukas realisierte einmal mehr die Größe dieses unterseeischen Reichs. Wenn nicht die dunklen Schlieren und Müllreste gewesen wären, die auch hier überall herumtrieben, wäre es ein wunderschöner Ort gewesen, der zum Verweilen einlud.

Me’kai brachte sie zu einem Gatter.

»Delfine«, entfuhr es Lukas.

Erst beim zweiten Hinsehen erkannte er, dass die Tiere Hellblau waren und ihr Bauch von Schuppen bedeckt war.

»Das sind unsere Dellis. Eine Unterart der Tiere, die ihr Delfine nennt«, erklärte Me’kai. »Ich sattle sie schnell, auf ihrem Rücken bereisen wir die Wasserpfade.«

Lukas konnte nicht glauben, dass er gleich auf einem der Delfine – einem Delli, korrigierte er sich – reiten würde. Doch genau das geschah.

Me'kai sattelte ein Tier für Lukas, der Rani mit auf den Sattel nahm. Ein weiteres war für Jacub vorgesehen, bei dem Dundi mit aufstieg. Er selbst setzte sich seitlich auf ein eigenes Reittier.

»Ich möchte einen Delli für mich«, verlangte Rani.

»Du willst doch nur irgendwelchen Schabernack machen«, sprach Lukas seinen Verdacht aus.

»Man kann bestimmt lustige Pirouetten mit ihnen drehen«, erwiderte der Menok.

»Und los!«, rief Me'kai, ohne auf Ranis Bemerkungen einzugehen.

Die Dellis schossen davon wie Unterwassertorpedos, auf deren Rücken Lukas, Jacub, Rani und Dundi saßen. Die Blinzelbahn war nichts dagegen.

Bereits Minuten später erreichten sie den Eingang zu den Wasserverbindungen: Der Pfad in einen der verlorenen Flüsterwälder öffnete sich vor ihnen.

Der alte Pfad

Lukas

Der Pfad glich einem Tunnel, der gerade groß genug war, dass zwei Dellis nebeneinander schwimmen konnten.

Die Wände bestanden aus dunklem Gestein, das stellenweise hervorstand. In den Ritzen wuchsen Unterwasserpflanzen in schillernden Farben. Im Abstand von mehreren Metern waren Unterwasserlichter in die Wand eingelassen, wie Lukas sie auch aus der Blinzelbahn kannte.

»Achtung!«, brüllte Me'kai und wich zur Seite aus.

Direkt vor ihnen waberte etwas im Wasser, das aussah wie ein schwarzer Riss inmitten des Unterwasserpfades.

Die Dellis reagierten sofort und wichen aus, einer links, einer rechts.

»Was war das?«, fragte Lukas.

»Die Unterwasserpfade verbinden alle Flüsterwälder miteinander. Wenn ein Wald verschwindet, werden auch die Pfade brüchig. Es bilden sich diese schwarzen Schlieren, die ins Nichts führen. Da willst du nicht hineingeraten. Irgendwann wird dieser Bereich nicht mehr passierbar sein und schließlich verschwinden.«

Lukas genoss es, auf den Dellis dahinzugleiten. Ein Mensch konnte niemals so schnell schwimmen. Gleichzeitig hielt er nun die Augen nach weiteren Rissen offen.

»Keine Sorge«, rief Me'kai, der seinen Blick entsprechend gedeutet hatte, »die Dellis können Risse rechtzeitig wahrnehmen und weichen problemlos aus. Sie haben eine Art Sonar dafür. Mein Ausruf vorhin war nur an die zappeligen Reisenden unter uns gerichtet.«

Rani, der die ganze Zeit unruhig auf seinem Sattel hin und her rutschte, nickte wissend. »Ja, Menschen laufen ständig hin und her, ich habe das bei Lukas schon beobachtet. Finde es aber sehr witzig.«

Lukas hatte längst gelernt, bei solchen Bemerkungen zu schweigen. Ihm war klar, dass Me'kai den zappeligen Menok gemeint hatte.

Dundi saß ruhig zusammen mit Jakub auf dem Delli und blickte mit großen Augen neugierig umher.

Der Gang wurde weiter, bis er sich schließlich zu einer Art See vergrößerte, wie es auch bei ihnen im heimischen Flüsterwald der Fall war. Sie stiegen weiter auf, bis zuerst Lukas und Rani zusammen mit ihrem Delli die Wasseroberfläche durchstießen. Neben ihnen kamen Me'kai, Jacub und Dundi mit ihren Tieren an die Oberfläche. Die Wasserblasen vor ihren Gesichtern zerplatzten einfach und waren fort.

Die Luft war warm und feucht. In Sichtweite ragte dichtes Grün empor, allerdings völlig anders als im heimischen Flüsterwald. In der Luft lag außerdem der Geruch von Rauch, als würde irgendwo in der Ferne etwas brennen.

»Das war einmal der Flüsterwald von Brasilien«, erklärte Me'kai. »Er war einer der ersten Flüsterwälder überhaupt.«

»Was ist mit ihm passiert?«, fragte Lukas.

»Das weiß niemand. Manchmal verändert sich viele Jahrzehnte lang oder noch länger gar nichts«, erwiderte der Meerjaner. »Und plötzlich stirbt ein Flüsterwald ab. In den alten Schriften steht, dass zuerst die Magie weg ist und dann der Wald verdorrt. Der grüne Bereich rings um die Wasserverbindung wird bis zuletzt bleiben und dann verdorren wie der Rest.«

»Wie beruhigend.« Bei dem Gedanken überkam Lukas eine Gänsehaut.

Die Dellis bewegten sich langsam auf das Flussufer zu, indem sie mit ihrer Schwanzflosse unter Wasser auf und ab schlugen. Kurz darauf erreichten sie einen Steg, der mehrere Meter in den See hineinragte.

Als die Dellis hielten, stiegen die Freunde ab. Me'kai wuchtete sich aus dem Sattel und setzte sich ebenfalls auf den Steg. Er hielt seinen Fischschwanz in die Höhe, der sich zu verformen begann. Sekunden später war daraus ein menschlicher Unterleib geworden, der in einer grünen Hose steckte. Sie wies dasselbe Schuppenmuster auf, das bis eben sein Meerjungen-Fischschwanz gehabt hatte.

»Du hast Beine«, entfuhr es Lukas.

Me'kai erhob sich. »Jap. Muss mich allerdings erst wieder daran gewöhnen.«

»Aber wieso seid ihr dann an Land immer in euren Blasen unterwegs?«, fragte Lukas.

»Weil es sehr anstrengend ist, diese Form zu halten«, erklärte Me'kai. »Selbst die besten Beingeher unter uns – und ich gehöre dazu – schaffen das höchstens drei Stunden. Und danach überfällt uns eine Müdigkeit, die sich kaum aushalten lässt. Aber notfalls trägt mich der Delli direkt zurück zu meinem Korallenhaus.«

Das Tier quiekte bestätigend, bevor es gemeinsam mit den anderen beiden unter Wasser tauchte.

»Wir müssen nachher nur mit den Händen aufs Wasser klopfen, dann kommen sie wieder herauf«, erklärte Me'kai.

Die Freunde liefen über den Steg bis zum Ufer.

Während es in Deutschland gerade Winter war und Regen, grauer Himmel und Wolken das Wetter beherrschten, war es hier warm. Lukas schälte sich aus seinem Hoodie.

Me'kai war am Oberkörper ohnehin nicht bekleidet und Dundi war die Temperaturen aus seiner Heimat Australien gewöhnt. Rani rupfte sich mit seinem Greifschwanz ein Blatt ab und fächelte sich damit Luft zu.

Es gab einen unscheinbaren Pfad, der zwischen den Pflanzen hindurchführte.

»Weißt du, wo genau Me'rina das Heilwasser herhat?«, fragte Lukas. »Der Regenwald ist ja ganz schön groß.« Er tat einen weiteren Schritt und stand plötzlich auf trockener Erde. Das Grün war verschwunden, als hätte jemand mit einem Fingerschnippen den Flüsterwald entfernt.

Rani sog scharf die Luft ein. »Aber … wo sind die Pflanzen hin?«

Me'kai seufzte. »Das ist das, was übrig bleibt, wenn der Flüsterwald abstirbt. Ihr müsst euch das so vorstellen, dass Teile des Waldes einfach verschwinden und nur Erde zurückbleibt. Hier und da finden sich noch Reste des alten Waldes oder Ruinen irgendeines Volkes, das dort einst gelebt hat. Oh, und die Magie des Waldes, die sich ganz am Ende löst, wird zu Nebel. Wundert euch also nicht, wenn hier mal plötzlich welcher vorbeitreibt.«

Ein Flickenteppich aus lebloser Erde, Flüsterwald-Resten und Magie-Wolken. Klang nach einer schwierigen Suche. Wie sollten sie den Weg nachvollziehen, den Me'rina damals genommen hatte?

»Hast du denn noch genauere Informationen aus der alten Akte, wo sich das Heilwasser befindet?«, fragte Jacub an Me'kai gewandt.

»Das nicht«, erwiderte der Meerjaner. »Aber da der Flüsterwald ja abstirbt, schrumpft er immer weiter. Unser Ziel müssten wir also auch so finden. Ich weiß nur, dass sie das Heilwasser in einer alten Ruine gefunden hat.«

Dundi legte sich auf den Boden und leckte über die Erde. »Schmeckt nach verlorener Größe und Menschenschritten.« Sein Bauch leuchtete auf. »Aber einen Weg zu einer Ruine kann ich damit auch nicht finden.«

Ranis Knubbelnase zuckte. Der Menok schnupperte. Seit ihrer Suche nach dem verborgenen Meisterschlüssel, die sie zu den Blinzelingenieuren geführt hatte, wusste Lukas, dass Rani Magie riechen konnte. Dafür musste er sich aber sehr stark darauf konzentrieren, was nicht immer klappte.

»Dort riecht es lustig«, sagte der Menok. »Und dort auch. Und dort.« Er drehte sich um die eigene Achse.

»Aber wo riecht es magisch?«, fragte Lukas.

Der Menok starrte in die Luft und ging los. Da sie keinen weiteren Anhaltspunkt besaßen, folgten sie ihm. Lukas konnte nur hoffen, dass hier nicht irgendwo ein Topf mit Schokolade stand, denn dann hätten sie keine Chance, das richtige Ziel zu erreichen.

Wie von Me'kai angekündigt, zog kurz darauf Nebel auf.

Leider hatte der Meerjaner nicht geahnt, wie gefährlich dieser sein konnte.

Ellas Idee

Ella

»Da hätten wir auch früher draufkommen können«, sagte David, nachdem Ella ihnen oben auf den Zinnen der Herzburg von ihrer Idee erzählt hatte. »Gute Idee. Und wie erreichen wir diesen Chronisten?«

Sie mochten von Rätseln umgeben sein, doch es gab eine Person, die, gerade was die Vergangenheit anging, durchaus Bescheid wusste. Wenn ihnen jemand etwas über dunklen Elfenstaub erzählen konnte, dann war es der Chronist. Er lebte in einer Höhle am Ende der Jahreszeitenschlucht.

Glücklicherweise hatte das Herz des Waldes das Refugium des Chronisten über ein Türportal angekoppelt. Falls er also nicht schon versteinert worden war, konnte er ihnen vielleicht Antworten geben.

Ella und David sprinteten durch die Gänge der Burg, bis sie die Tür erreichten. Die beiden Elfen sausten hinterher. Ella war dankbar für ihre Kondition, denn als sie das Portal zum Archiv erreichten, war sie noch immer nicht außer Atem.

Das Portal öffnete sich und Ella überkam sofort wieder das Gefühl, einen Ort des Wissens zu betreten, der von Staub und alten Erinnerungen angefüllt war.

Felicitas war bereits als Beschützerin des Waldes erkannt worden, es wurde Einlass gewährt. Sie betraten die Räume des Chronisten.

Vom Boden bis zur Decke reihten sich Regale aneinander, die gefüllt waren mit Flakons voll bunter Flüssigkeiten.

»Das sind aber viele Zaubertränke«, sagte David.

»In den Fläschchen befinden sich Erinnerungen«, erklärte Ella. »Magie macht es möglich, dass sie dort einfach hineingespuckt wurden, und der Chronist hat sie mit ein paar Farben aufgehübscht.«

»Igitt«, kommentierte David.

Wie aus dem Nichts stand plötzlich der Chronist vor dem amerikanischen Jungen. Seine Schmetterlingsohren flatterten aufgeregt, in seinen Händen hielt er einen Flakon. »Wenn du den Flüsterwald retten willst, trink das! Es ist eine kostbare Erinnerung.«

David blickte angeekelt auf das Fläschchen. »Aber … das ist Spucke.«

»Violette Spucke«, ergänzte der Chronist. »Kaugummigeschmack.«

David wirkte nicht überzeugt.

Ella seufzte. »Wir haben keine Zeit für diese Scherze.« An David gewandt erklärte sie: »Die Flakons werden dort vorne in das große Becken mit den eingemeißelten Figuren gekippt. Dann sehen wir die Erinnerung. Du musst sie nicht trinken.«

David atmete auf. Anklagend deutete er auf den Chronisten. »Du hast mich reingelegt.«

»Ein wenig Humor in den letzten Stunden muss uns doch vergönnt sein.« Seine Schmetterlingsohren sanken traurig herab. »Du bist ein Besucher?«

Ella stellte sowohl David als auch Mirabella von Sommerlicht vor. Die Elfe wirkte zutiefst beeindruckt von dem, was sie sah.

»Wir brauchen deine Hilfe«, sagte Ella.

»Das wird schwierig«, erwiderte der Chronist. »Seht euch die Flakons an.«

Ella wandte sich den Regalen zu und erschrak. Bei genauerem Hinsehen erkannte sie, dass ein Großteil der Fläschchen nur noch Stein enthielt. »Sind alle Erinnerungen …«

»Zu Stein geworden«, bestätigte der Chronist ihre Vermutung. »Nicht alle, aber viele sind nicht mehr übrig. In ein paar Stunden ist es vorbei. Noch bevor der neue Tag anbricht, würde ich sagen.«

Felicitas berichtete davon, was vor der Burg geschehen war. »Wir hatten gehofft, dass du uns bei dem Rätsel um den dunklen Elfenstaub weiterhelfen kannst.«

»Wir wissen, dass mein Großvater, als er noch jung war, zusammen mit anderen Menschen Forschungen angestellt hat und auch mit Zaubertränken experimentiert hat«, erklärte Ella. »In den Ruinen der verlorenen Flüsterwälder sind sie auf magische Hinterlassenschaften gestoßen. Daraufhin haben sie verschiedene Tränke hergestellt. Auch den Wandeltrank.« Zumindest das hatte ihr Großvater preisgegeben. »Weil die Tränke aber zu gefährlich waren, hat mein Großvater sie versteckt. Irgendwie ist jedoch auch die Zauberin an einen Wandeltrank gekommen, denn sie hat bereits Angreiferkatzen verwandelt, bevor sie von uns den Trank erbeutet hat.«

Der Chronist nickte. »Sie hat also entweder den fertigen Trank irgendwo anders herbekommen oder sie verfügt ebenfalls über ein Rezept und hat den Trank selbst hergestellt. In diesem Fall müsste sie irgendwie auch an den dunklen Elfenstaub gekommen sein, der sich in dem Wandeltrank befand. Ich verstehe. Alles lässt sich also zurückführen auf den dunklen Elfenstaub.« Der Chronist kratzte sich an den Schmetterlingsohren.

»Nun, die Dunkelelfen existieren schon seit sehr langer Zeit nicht mehr«, fuhr er fort. »Bevor es dazu kam, gab es zahlreiche Elfenstämme, die miteinander Handel trieben, voneinander lernten und sich gar nicht unähnlich waren. Doch über die Zeit entwickelten sie sich durch den Einsatz unterschiedlicher Elfenstaub-Arten in ebenso unterschiedliche Richtungen. Jene Elfen, die den Geisterstaub benutzten, wurden zu Geisterelfen. Jene, die oft im Flüstermeer unterwegs waren und ihren Elfenstaub wasserfest machten, wurden zu Wasserelfen. So ging das weiter. Und es gab eben auch Elfen, die ihren Staub für Böses nutzten. Dunkle Magie. Sie experimentierten damit, bis irgendwann ihr gewöhnlicher Elfenstaub mit Dunkelheit verschmolz. Dadurch wurde er viel kraftvoller, die Elfen stärker.« Der Chronist zuckte in einer hilflosen Geste mit den Schultern. »Es kam, wie es eben kommen musste. Die Dunkelelfen wollten zu den herrschenden Elfen werden und es begann ein Krieg. Die meisten anderen Stämme zogen sich zurück, die Geisterelfen flohen nach Australien, die Wasserelfen in die Tiefe. Doch die Ursprungselfen kämpften.«

»Und gewannen«, sagte Felicitas. »Richtig?«

»Anfangs nicht«, erklärte der Chronist. »Im Gegenteil, es sah erst gar nicht gut aus. Die Dunkelelfen waren wie gesagt stärker und im Verlaufe des Krieges entwickelten sie eine Methode, mit der sie gewöhnliche Elfen zu Dunkelelfen machten. Dazu musste der schwarzmagische Elfenstaub lediglich in die Flügel einsickern. Es wurde immer schlimmer.«

Ella stellte entsetzt fest, dass sie die Macht des dunklen Elfenstaubs unterschätzt hatte. Dabei hatte sie erst vor wenigen Minuten die Wucht der Kollision zwischen beiden Elfenstaub-Arten miterlebt. Und wie die flirrende Verbreitung des dunklen Elfenstaubs fast alle Flüsterwaldwesen verwandelt hatte. Vermutlich hatte die Tatsache, dass Felicitas obendrein Herzmagie in sich trug, das Ganze befeuert.

Ob alle Wandeltränke dunklen Elfenstaub enthielten? Mit absoluter Sicherheit wussten sie es nicht, doch nach dem, was Ella gerade über dunklen Elfenstaub erfahren hatte, würde es die gefährliche Wirkung des Wandeltranks erklären. Sie konnte sich noch gut an ihre eigene Verwandlung in eine Katze erinnern, damals, als sie im Katzenwald den Wandeltrank eingenommen hatte. Und wie sie es fast nicht mehr geschafft hätte, sich rechtzeitig zurückzuverwandeln. Sie hatte nur noch Wut und Hass in sich gespürt und mit jeder Minute immer mehr vergessen, wer sie in wahrer Gestalt gewesen war.

»Dunkler Elfenstaub hätte auf jeden Fall die Macht, die gefährlichen Nebenwirkungen des Wandeltranks auszulösen«, bestätigte der Chronist Ellas Vermutung, nachdem sie ihre Überlegungen laut geäußert hatte. »Dennoch ist selbst nach dem langen Krieg der beiden Elfenstämme die Macht des dunklen Elfenstaubs noch immer ein Mysterium. Er hat vielfache Auswirkungen und fand über verschlungene Pfade seinen Weg an zahlreiche Orte, in Tränke und Artefakte.«

»Zottelfell ist allerdings anders«, sagte Ella. »Er hat mir erzählt, dass er freiwillig die Katzengestalt angenommen hat und sich jederzeit wieder zurückverwandeln kann. Das passt nicht zu dem Trank.«

»Stimmt«, bestätigte David. »Und noch etwas passt nicht dazu: Als ich durch die Katzenkrallen mit dem Wandeltrank infiziert wurde, habe ich genau gespürt, wie er gewirkt hat. Zuerst war es wie zähflüssiger Teer, der immer stärker meinen Körper umschließt. Und irgendwie hat es sich dann verändert, ich wollte eine Katze sein. Alles andere wurde unbedeutend, sogar das Sprechen. Wenn

Zottelfell den gleichen Trank genommen hätte, könnte er sich gar nicht so gewählt ausdrücken. Könnte es sein, dass er wie ich ein Mensch mit der magischen Kraft ist, sich in Tiere zu verwandeln?«

Der Chronist durchdachte die Worte. »Alles ist möglich, doch wer er auch ist, ihr seid hier, damit ich euch eine andere Frage beantworten kann.«

Und genau das tat er.

Die Magie der Freude

Ella

»Widmen wir uns also wieder dem Thema, weswegen ihr mich aufgesucht habt«, sagte der Chronist schließlich. »Denn wenn es um die Vergangenheit geht, um die Dunkelelfen, kann ich Licht ins Dunkle bringen.«

»Du hast erzählt, dass die Elfen damals gegen die Dunkelelfen beinahe verloren hatten?«, knüpfte Ella an jenem Punkt an, an dem sie den Pfad der Erzählung verlassen hatten.

Felicitas und Mirabella lauschten aufgeregt. Ihr fragender Blick verdeutlichte, dass die beiden davon bisher nichts gewusst hatten.

»Wie ich bereits sagte, waren die Dunkelelfen ja deshalb dunkel, weil sie mit böser – und sehr starker – Magie zauberten. Doch die wirkliche Gefahr ging vor allem anfangs von ihren Fallen aus.«

»Ihre Fallen?« Ella musste sofort an Lukas denken, der in eine von Ranis Holzgitterkugeln geraten war.

»Sie erschufen magische Dinge, die sich in etwas Unscheinbares, Harmloses verwandelten, Blumen zum Beispiel. Doch sobald eine Elfe zu nahe heranging, wurde sie in das Artefakt hineingezogen. Es war eine Falle. Im Inneren flirrte dann so lange dunkler Elfenstaub herum, bis die Flügel der Elfe davon durchdrungen waren. Erst wenn die Wandlung abgeschlossen war, öffnete sich das Gefängnis wieder.«

»Und heraus kam eine Dunkelelfe«, sagte Ella atemlos.

»Das ist ja schrecklich«, hauchte Mirabella, die Hand an ihr Amulett gelegt.

»So was Gemeines, eine Blume zu verwenden.« Felicitas wirkte entrüstet.

Ella begriff sofort, dass es die gleiche Strategie war wie die, die Zottelfell draußen vor der Burg verfolgt hatte. Stück für Stück wurden die Feinde eingegliedert. »Dadurch ist die Zahl der Dunkelelfen also gewachsen.«

»Richtig«, bestätigte der Chronist. »Bis es so viele waren, dass sie nicht mehr aufgehalten werden konnten. Es kam wie gesagt zu einem Krieg. Die Elfen entwickelten natürlich ein Gegenmittel, das weitere Wandlungen verhindern sollte. In den Endtagen des Krieges gab es Gerüchte, dass die Dunkelelfen neue Fallen aufgestellt hatten, bei denen das Gegenmittel nicht wirkte. Das wurde allerdings nicht bewiesen. Ihr habt ja vor dem Schloss gesehen, dass die Elfen gegen den dunklen Elfenstaub immun sind. Als es damals aussichtslos war … nun ja, die Dunkelelfen wurden besiegt mit der Magie der Freude. Und Güte.«

»Davon habe ich noch nie gehört«, sagte Felicitas.

»Diese Magie ist auch nicht mehr verfügbar, sie hängt mit den Menschen zusammen, musst du wissen.« Der Chronist breitete in einer hilflosen Geste die Arme aus. »Alles hat zwei Seiten. Ihr wisst, dass das Herz des Waldes einst die Schattenzwillinge erschuf, in dem es die böse und aggressive Seite der Menschen abspaltete. Aber Menschen sind auch zu Güte und Liebe fähig, zu Freude und Hilfsbereitschaft.«

Bei diesen Worten blickten Felicitas und Mirabella zu Ella und David. Beide nickten.

»Die Elfen errichteten eine Verteidigungslinie an der Herzburg, wodurch die Dunkelelfen dorthin gelockt wurden. Die Waldseele war noch recht jung, doch auch damals war ihre Magie schon sehr stark: Sie leitete die Gutherzigkeit der Menschen in sich hinein und schaffte es, diese Magie der Liebe und Güte wieder nach außen abzugeben. Einem Teil der Dunkelelfen, der erst frisch verwandelt worden war, wurde der dunkle Elfenstaub aus den Flügeln gepustet. Sie wurden wieder zu gewöhnlichen Elfen. Doch die, bei denen die Verwandlung länger zurückgelegen hatte … nun, diese Elfen konnten nicht zurückgeholt werden.«

»Aber was ist mit ihnen passiert?«, flüsterte Ella.

Stille senkte sich über das Archiv.

Der Chronist blickte versonnen ins Leere, schien in Gedanken bei Ereignissen zu sein, die eine lange Zeit zurücklagen.

»Die Elfen errichteten ein Gefängnis, verborgen vor aller Augen. Es bestand aus reiner Magie, die sich verfestigt hatte. Die Dunkelelfen wurden dort eingesperrt und der Zauber fror sie in der Zeit ein. Für sie ist bis heute lediglich eine Sekunde vergangen.«

Ella runzelte die Stirn. Das kam ihr bekannt vor. »Moment. Bevor wir Pera befreit haben, war sie in einem Silberglanzblock eingeschlossen. Ist das eine ähnliche Magie?«

»Es ist sogar exakt dieselbe«, bestätigte der Chronist. »Der dunkle Magier bediente sich zahlreicher magischer Techniken und Artefakte von unterschiedlichen Völkern. Er nutzte auch die Hinterlassenschaften der Dunkelelfen und fror Wesen in Silberglanz ein, andere wurden versteinert. Deshalb steht die Magie der Güte auch nicht mehr zur Verfügung. Heute sind die Menschen kein Flüsterwald-Volk mehr. Sie sind fort, können sich daran also nicht mehr bewusst beteiligen.«

Irgendwo im Flüsterwald, verborgen vor den Blicken eines jeden Wesens, gab es also ein riesiges Gefängnis aus Silberglanz. Und darin befanden sich Dunkelelfen, die seit einer Ewigkeit gefangen waren. »Wie viele sind denn da drin?«

»Hunderte«, sagte der Chronist. »Doch das spielt keine Rolle. Es gibt nur eine Person, die weiß, wo sich das Gefängnis befindet. Sie würde es niemals jemandem sagen. Und selbst wenn, bräuchte man eine unglaublich starke Magie, um das Gefängnis aufzubrechen.«

Ella starrte den Chronisten an und es war, als füge ein Puzzle sich zusammen. Dutzende Teile wirbelten umher und fanden ihren Platz. »Felinde von Siebenstern.« Ihre Stimme war nur ein Hauch. »Sie weiß, wo das Gefängnis ist, richtig?«

Der Chronist räusperte sich, zögerte, nickte dann jedoch. »Es ist immer die Königin der Elfen, die von ihrer Vorgängerin die geheime Lage des Gefängnisses erfährt. Richtig. Woher weißt du das?«

Auch Felicitas schien zu begreifen. »Zottelfell hat meine Mutter in seiner Gewalt. Sie ist zusammen mit den anderen Verteidigern der Herzburg gefangen genommen worden.«

»Das war Zottelfells Plan«, sprach Ella heiser. »Jeder Schritt dort draußen fügt sich zum nächsten. Versteht ihr nicht? Zottelfell ist kein Mensch mit irgendwelchen Wandelfähigkeiten. Er kennt sich mit dunklem Elfenstaub aus, er hat einen Plan geschmiedet, durch den Felinde in seine Fänge gerät und die Elfen ihre komplette Magie verlieren. Zottelfell ist eine Dunkelelfe.«

Nun wirkte der Chronist wie erstarrt. »Du denkst, dass eine der gefangenen Dunkelelfen aus dem Gefängnis entkommen ist?«

»Es wäre eine Erklärung, oder nicht?« Ella spürte, dass sie vom Ermittlerfieber gepackt wurde.

»Aber die Zauberin ist es doch, die die Magie stiehlt«, merkte Mirabella von Siebenstern an.

»Ist sie das?«, fragte Ella. »Die Zauberin war eine Meerjanerin in einer sehr schlimmen Situation. Nein, ich glaube, hier hat von Anfang an Zottelfell die Fäden in der Hand gehalten. Und sein wahres Ziel ist das Gefängnis. Er benutzt die Meerjanerin.«

Im Nachhinein konnte Ella nicht fassen, dass sie das so lange nicht gesehen hatte.

»Aber selbst wenn er das Gefängnis finden würde«, sagte der Chronist. »Er könnte es nicht öffnen. Es ist manifeste Magie, mehrfach gehärtet. Selbst wenn der Flüsterwald seine Magie verliert, würde das Gefängnis bestehen bleiben.«

»Es sei denn, er verfügt über genügend Magie, richtig? Zum Beispiel eine Schöpfungsapparatur, die randvoll damit ist?«

Stille.

Der Chronist war kreidebleich geworden. Es hätte Ella kein bisschen gewundert, wenn er einfach umgekippt wäre.

»Die Zauberin ist Zottelfells Werkzeug, nicht umgekehrt«, kam es bekräftigend von David. »Er lässt sie mithilfe der Schöpfungsapparatur die Magie sammeln, in dem Glauben, dass sie damit für ihr Volk einen neuen Flüsterwald erschaffen kann. Er benutzt ihre Wut, ihren Hass. Aber in Wahrheit hat er ganz andere Pläne.«

Ella nickte schwer. »Er braucht die Magie der Schöpfungsapparatur, um die Dunkelelfen zu befreien. Und dafür ist er bereit, alles zu zerstören.«

»›Aus der Asche des Waldes und den Ruinen der Menschenstädte werden wir uns eines Tages erheben‹«, flüsterte der Chronist. »Das sagte die Anführerin der Dunkelelfen damals.«

»Wie können wir Zottelfell aufhalten?«, brachte Felicitas das Gespräch auf den wichtigsten Punkt. »Er wird meine Mutter dazu zwingen, ihr die Wahrheit zu sagen.«

»Königin Felinde wird sicher kein Wort verraten«, schaltete sich Mirabella ein und tätschelte Felicitas' Arm. »Mach dir da keine Sorgen.«

»Wenn er der Königin den Wandeltrank einflößt, wird sie zu einer Angreiferkatze und ihm hörig«, sagte Ella. »Dann führt sie die versammelte Menge zum Gefängnis.«

Aus welchem Blickwinkel Ella es auch betrachtete, Zottelfell hatte sein Netz perfekt gesponnen. Alle Dominosteine fielen unweigerlich so, dass ihm der Weg geebnet wurde. Die Elfen, der Wandeltrank, der Trick vor der Burg, die Schöpfungsapparatur.

»Die Schöpfungsapparatur«, sagte Ella. »Sie ist die einzige Chance, die wir haben. Wir müssen an sie herankommen und sie zerstören. Andernfalls wird Zottelfell das Gefängnis öffnen.«

Und aus der Asche des Flüsterwaldes und den Ruinen der Menschenstadt Winterstein würden die Dunkelelfen sich neu erheben.

Im Nebel des Waldes

Lukas

»Wie sollen wir denn hier einen Weg finden?«, fragte Lukas.

Der Nebel war so dicht, dass er die Hand vor Augen nicht mehr sehen konnte. Sie bildeten eine Kette, damit niemand verloren ging.

Lukas hielt sich an Jacub fest, Rani hatte mit seinem Greifschwanz wiederum Lukas' Gürtel ergriffen. Es folgten Dundi und Me'kai.

Lukas erinnerte sich noch gut daran, wie er einmal als Kind in einer Stadt verloren gegangen war. Es war früher Morgen gewesen und er hatte es besonders lustig gefunden, wegzulaufen, um sich zu verstecken. Das Ganze hatte in einem Großeinsatz von Polizei, Kindergarteneltern und Nachbarn gegipfelt.

»Lasst auf keinen Fall los!«, rief er den anderen zu.

Die Antwort war ein »Hihi«, das von einem Menok kam und zu seiner linken Seite ertönte.

Lukas griff nach hinten und tastete seinen Gürtel ab. Da war kein Greifschwanz mehr.

»Ich bin ein Geistermenok. Wuhuuu«, flötete Rani.

»Komm sofort zurück!«, rief Lukas.

»Wir bleiben hier stehen und warten auf dich«, erklang irgendwo hinter ihnen die Stimme Dundis.

»Nein, kommt her!«, rief Lukas.

»Wo seid ihr denn?« Die Stimme des Regenbogengürteltieres entfernte sich.

Lukas wollte sich umwenden, strauchelte aber und stolperte. Er fiel der Länge nach auf die Erde. »Verdammt!«

»Alles okay?« Jacub war sofort stehen geblieben, in die Hocke gegangen und tastete sich zu Lukas.

»Nur mein Stolz ist abgestürzt«, erwiderte er. »Rani! Me'kai! Dundi!«

»Lukas?«, erklang die Menok-Stimme von ganz weit weg. »Ich kann euch nicht mehr finden, das ist nicht lustig.« Die letzten Worte waren kaum noch zu verstehen, offensichtlich war Rani nun außer Hörweite. Me'kai und Dundi meldeten sich gar nicht mehr.

»Wir gehen bis zum Ende des Nebels, hier drinnen haben wir keine Chance. Irgendwann kommen die anderen dort sicher auch an, dann finden wir uns bestimmt wieder«, schlug Lukas vor. »So groß war der Wald hier ja gar nicht.«

Immerhin war der Flüsterwald nicht mehr da und der Nebel nur ein bisschen Restmagie. Da konnte schließlich auch die Fläche, die der Nebel umhüllte, nicht so groß sein.

Konnte sie doch.

Minuten verstrichen, wurden immer mehr. Sie hätten mittlerweile längst wieder im Freien sein müssen. »Was ist hier los?«, fragte Lukas. Die Hand hatte er in Jacubs Pulli gekrallt.

»Der Nebel ist Magie«, erwiderte Jacub. »Wir dürfen wohl keine gewöhnlichen Gesetzmäßigkeiten erwarten. Er hält uns in seinem Inneren. Spürst du es nicht? Der Flüsterwald ist weg, aber hier ballt sich der letzte Rest seiner Magie, die nicht alleine sein will.«

»Ehrlich gesagt kann ich das nicht wahrnehmen«, sagte Lukas. »Die magische Wünschelrute ist Rani. Wusste nicht, dass du das auch kannst.«

»Normalerweise nicht«, erklärte Jacub. »Aber in dem Fall ist es ähnlich, als wenn ich einen Trank oder andere

Mixturen ertasten würde und dadurch die Bestandteile erkenne. Der Nebel berührt meine Haut, deshalb erspüre ich, woraus er besteht.«

»Und jetzt könntest du mit den Zutaten weiteren Nebel herstellen«, ergänzte Lukas. Nicht, dass sie den aktuell gebrauchen konnten.

»Der Nebel ist Magie, also einfach so würde das nicht gehen«, erwiderte Jacub.

»Du kannst ihn also auch nicht auflösen?«

»Keine Chance«, sagte der tschechische Junge. »Aber … diese Magie ist nicht böse, sie ist nur einsam. Sie will uns behalten.« Lukas konnte förmlich spüren, wie Jacub beim Sprechen die Stirn runzelte. »Da sind so viele Facetten. Es verändert sich etwas. Oh, nein!«

»Was?!«

»Der Nebel lässt uns vergessen«, flüsterte er. »Damit wir freiwillig hierbleiben.«

Lukas erschrak bei diesen Worten. Wenn das dem Nebel gelänge, kämen sie nie wieder hier weg und konnten auch die Flüsterwälder nicht retten. Selbst falls sie irgendwann, in vielen Jahren, doch endlich einen Ausweg fanden, würden sie sich vermutlich nicht mehr an ihr Vorhaben erinnern und es wäre ohnehin längst zu spät.

»Jacub, wir müssen hier raus!«

»Erzähl mir was Neues«, erwiderte der tschechische Junge angespannt. »Leider weiß ich nicht, wie.«

Sie irrten weiter umher. Immer, wenn Lukas glaubte, dass sie nun doch das Ende erreicht hatten, stellte sich das als Irrtum heraus. Entweder der Nebel wanderte einfach mit oder sie gingen im Kreis.

»Hallo!«, erklang eine fröhliche Stimme vor ihnen. »Wer seid ihr denn?«

»Dundi!«, rief Lukas.

»Oh, heiße ich so? Das klingt ja nett. Und wer seid ihr? Wohnen wir hier gemeinsam?«, fragte das Regenbogengürteltier neugierig.

»Das ging aber schnell«, sagte Lukas. »Wieso hat er bereits alles vergessen und wir können uns noch erinnern.«

»Magische Wesen sind immer anfälliger für die Auswirkungen von Magie«, erklärte Jacub. »Ihr braucht wirklich dringend Unterricht.«

»Stimmt total, aber das hilft uns aktuell auch nicht weiter.« Lukas wandte sich dem Regenbogengürteltier zu. »Nein, Dundi, wir leben hier nicht. Wir sind nur zu Besuch. Wo hast du Me'kai gelassen?«

»Was ist ein Me'kai?«

Lukas erinnerte sich mit Schrecken daran, dass der Meerjaner nur mit äußerster Konzentration auf zwei Beinen gehen konnte. Sein Fischschwanz würde bald zurückkehren. Vermochte er dann überhaupt noch, über Wasser zu atmen?

Sie mussten Me'kai finden! Und Lukas kam eine Idee. »Dundi, streck mal deine Zunge aus.«

Das Regenbogengürteltier kam der Aufforderung nach. »Dasch ischt luschtig. Wasch scholl isch jetscht tschun?«

»Schmecke den Nebel! Und dann zieh die Zunge wieder ein!«

Das Regenbogengürteltier tat wie geheißen und blinzelte. »Schmeckt nach trauriger Magie und verlorenem Lachen.«

»Und jetzt übertrage es auf deinen Bauch, damit wir durchlässig werden«, bat er.

»Auf meinen Bauch?« Gedankenverloren berührte Dundi die Farbflächen.

Lukas wusste, dass das Regenbogengürteltier feste Materie oder auch magische Gebilde durchdringen konnte. Dazu musste er die Zusammensetzung erschmecken und dann seinen Bauch in einer bestimmten Reihenfolge berühren. Schnell griff Lukas nach Dundis linker Hand und bat Jacub, die andere zu nehmen, sobald Dundi mit dem Betasten seines Bauches fertig war.

Es funktionierte.

Der Nebel konnte sie nicht länger berühren, Dundi hatte sie für den Nebel durchlässig werden lassen.

Schlagartig kehrte in Dundis Gesicht ein wacher Ausdruck zurück. »Ich kann mich wieder erinnern.«

»Die Magie geht durch uns hindurch, sie kann nicht mehr auf uns einwirken«, sagte Lukas.

»Du bist sehr pfiffig«, kam es vom Regenbogengürteltier. »Gar nicht so tapsig und schusselig, wie Rani immer behauptet.«

»Versuchen wir erst mal, den Nebel zu verlassen. Danach überlegen wir weiter, wie wir die anderen herausholen«, sagte Lukas und überging Dundis Bemerkung zu seiner Schusseligkeit.

Sie liefen einige Minuten durch den Nebel.

Schließlich schüttelte Jacub den Kopf. »Das wird nichts. Der Nebel kann uns mit seiner Magie zwar nicht mehr erreichen, aber er bewegt sich einfach mit uns. Wir kommen nicht heraus. Und sollte Dundi irgendwann schlafen gehen, wird er wieder auf uns einwirken.«

Damit saßen sie weiterhin in der Falle.

Vermutlich glaubte Rani mittlerweile wirklich, dass er ein Geist war. Und Me'kai? Um ihn sorgte Lukas sich gerade am meisten. Der Meerjaner-Junge war außerhalb des Wassers sowieso einer Umgebung ausgesetzt, die nicht seinem Lebensraum entsprach. Daher drängte für ihn umso mehr die Zeit, hier wieder herauszufinden.

Lukas zerbrach sich den Kopf, doch ihm wollte einfach keine Lösung einfallen. Niedergeschlagen starrte er in den Nebel.

Die vergessene Ruine

Lukas

Der Nebel wirbelte auf und Lukas hoffte bereits, dass einer seiner Freunde es nach draußen geschafft hatte, doch es war lediglich eine Sinnestäuschung. Sie waren nach wie vor gefangen. Von Rani und Me'kai gab es weiterhin keine Spur.

Sie hatten bereits mehrfach nach ihnen gerufen, aber es hatte niemand geantwortet.

»Ich habe eine Idee.« Jacub kramte in seiner Umhängetasche und zog schließlich ein bauchiges leeres Glas hervor. »In dem Augenblick, als Dundi sich auf die Magie eingestellt hat, konnte ich ihr Wesen erspüren. Sie ist an den

Nebel gebunden und einsam. Ich weiß jetzt, was ich tun kann, um uns zu befreien.«

Jacub sank auf die Knie. Aus seiner Tasche zog er ein kleines Holzgestell hervor, neben das er das leere Gefäß stellte. Vier gefüllte Phiolen aus seiner Tasche wanderten in die Aussparungen.

»Was machst du da?«

»In diesen vier Reagenzgläsern sind Zaubertränke«, erklärte Jacub. »Mithilfe meiner Magie kann ich einzelne Bestandteile herausziehen, um sie in einem neuen Trank zu kombinieren.«

Lukas verstand. »Mit diesen Tränken hast du immer die wichtigsten Zutaten dabei.«

Jacub nahm nun den leeren Flakon in die rechte Hand. Mit dem linken Zeigefinger berührte er eine orangerote Flüssigkeit in einer der Phiolen. Kurz darauf tauchte ein Teil der Flüssigkeit in dem leeren Flakon auf. Auf diese Weise machte der tschechische Junge weiter, bis er aus verschiedenen Zutaten einen neuen Trank kreiert hatte. »Fertig.«

»Und jetzt? Was macht der Trank?«

»Sieh zu.« Grinsend erhob sich Jacub und entkorkte den Zaubertrank. Als wäre das Reagenzglas ein Staubsauger, den er angeschaltet hatte, wurde der Nebel in das Glas hineingezogen.

Kurz darauf hatten sie wieder freie Sicht auf die leere Ebene vor ihnen, auf der Rani stand. Einen Steinwurf entfernt entdeckten sie Me'kai.

»Ich bin Rani!«, rief der Menok. »Oder bin ich Cani und glaube nur, Rani zu sein?« Er kratzte sich mit dem Greifschwanz am Kopf.

»Du bist Rani«, bestätigte Lukas. »Und jetzt kommt her.«

Me'kai benötigte keine Aufforderung, der Meerjaner eilte zu ihnen. »Das war knapp. Ich konnte schon spüren, wie meine Beine sich wieder zurückverwandeln wollten, weil meine Konzentration nachlässt. Allzu lange schaffe ich das nicht mehr.«

Jacub hielt das Reagenzglas noch immer geöffnet in der Hand, bis auch der letzte Nebelrest verschwunden war. Schließlich verkorkte er es. »Die Magie fühlt sich im Glas wohl. Nun ist sie nicht mehr allein. Sie hat uns.«

»Fragt sich nur, wo die alte Wirkstädte des Volkes ist, das über Heilwasser verfügte«, sagte Lukas.

»Wie sieht die denn überhaupt aus?«, wollte Rani wissen. »Vielleicht wie Bauklötze, die nicht zusammenpassen?«

Lukas war ratlos. »Keine Ahnung.«

»Also den Bauklotzhaufen hinter euch finde ich auf jeden Fall lustig.«

Jacub, Dundi und Lukas drehten sich um.

Me'kai starrte in die Richtung, in die Rani wies. »Ja, das ist es!«

Ohne den Nebel war die alte Ruine klar erkennbar und gar nicht weit entfernt. Rani sprang auf Lukas' Schulter, während Dundi sich zu einer Kugel zusammenrollte und neben der Gruppe entlangrollte. Auf diese Art erreichten sie die Ruine innerhalb kürzester Zeit. Sie war umgeben von seltsamen Pflanzen, die Lukas nicht zuordnen konnte. Sie rankten sich am Bauwerk empor, hingen über dem Eingang herab und bildeten einen natürlichen Vorhang. Der Stein war braun, versehen mit allerlei Ornamenten. Ein wenig erinnerte Lukas der Anblick an jene Tempel in Filmen, in die die Helden manchmal eindrangen. Ob es hier auch Fallen gab? Er richtete die Frage an Me'kai.

»Me'rinas Aufzeichnungen zufolge konnte sie einfach hineinspazieren.«

Und genau das taten sie.

Ranis Beschreibung war gar nicht so verkehrt gewesen. Die Ruine wirkte, als habe jemand Bauklötze unterschiedlicher Formen miteinander verschmolzen – Kugeln, Pyramiden und Würfel. Herausgekommen war ein absonderliches Bauwerk. Das Innere bestand aus hohen Räumen mit winzigen Löchern in der Wand. Durch diese fiel das Licht von außen herein.

An einer Seite waren Bilder in den Stein gehauen. Sie zeigten das Bauwerk sowie die schemenhaften Umrisse von Flüsterwald-Wesen, die vermutlich einst im brasilianischen Wald gelebt hatten. Einige Wesen beugten sich vor zu anderen, die in Betten im Freien ruhten. Sie reichten ihnen Schalen.

»Es waren Heiler«, kommentierte Me'kai. »Das Volk, das einst hier lebte, gewann an diesem Ort das Heilwasser, mit dem Me'rina uns alle retten wollte.«

»Und nun wird es Zeit, dass wir vollenden, was sie begonnen hat«, sagte Lukas. »Als sie hier eintraf, war das Gebäude bereits leer, wo hat sie das Wasser gefunden?«

»In einem Becken in der Tiefe«, erklärte Me'kai. »Ich habe eine ungefähre Wegbeschreibung, aber nichts Genaues. Sie hat die Berichte nicht sehr detailreich geschrieben.«

Lukas war bei seinen Lehrern wiederum bekannt dafür, seine Aufsätze ausschweifend zu formulieren. Das kam vermutlich vom vielen Lesen. Deshalb bekam er auch ständig Einsen. Zumindest in Deutsch, wo er ausschweifend sein durfte.

Sie erreichten den hinteren Bereich des Gebäudes, wo ein Schacht in die Tiefe führte. Eine Liane hing von der Decke herab. Da sie keine Schwebemagie zur Verfügung hatten, würden sie sich abseilen müssen. Lukas zog testweise an der Liane, bevor er sich daran hinunterhangelte.

Rani blieb einfach auf seiner Schulter sitzen. Mit dem Greifschwanz zog er an Lukas' linkem Ohr, mit einer seiner Hände an Lukas' rechtem Ohr. »Kann ich damit steuern, ob du nach oben oder unten kletterst?«

»Du kannst damit steuern, ob du gleich runterfällst«, gab Lukas zurück.

»Wirklich?«, erklang Dundis Stimme. »Das ist bestimmt lustig.«

»Oh ja.« Rani hopste aufgeregt in die Höhe, was Lukas' Kletterpartie nicht unbedingt einfacher machte. »Darf ich runterfallen?«

»Nein«, sagte Lukas hastig. »Natürlich nicht. Rani, das ist gefährlich.«

»Schade.« Der Menok plumpste auf sein Hinterteil. »Und wenn wir gemeinsam hinunterfallen?«

»Das macht es noch schlimmer.«

»Oh.« Er schweig.

Glücklicherweise erreichten sie nach fünfzehn Minuten das untere Ende der Liane. Auch hier befanden sich Löcher in der Wand, durch die seltsamerweise ebenfalls Licht fiel. Da keine Flüsterwaldmagie mehr vorhanden war, vermutete Lukas, dass ein Netz aus verborgenen Spiegeln dafür sorgte.

Nacheinander kamen sie unten an, klopften sich den Staub von der Kleidung und sahen sich um. Auch hier wuchs aus den Ritzen im Boden Unkraut. Im Zentrum des Raumes stand ein steinernes Becken auf einem hüfthohen Altar. In die Außenseite waren verschiedene Schriftzeichen eingelassen.

Me'kai eilte auf das Becken zu und starrte hinein. »Es ist leer.«

Lukas' letzte Hoffnung verschwand. Selbst Rani klappte die Ohren hinunter.

Jacub hob Dundi in die Höhe und das Regenbogengürteltier leckte über die Innenseite der Schale. »Gesundheit für jedes Wesen. Liebevolle Fürsorge.« Dundi sah auf. »Ja, das war das Heilwasser.«

Und es war eindeutig fort.

Ihr ganzer Weg war umsonst gewesen. Me'rina musste das letzte Wasser mitgenommen haben, als sie von ihrer Expedition heimkehrte.

Ihre Suche war vorbei.

Der Unterwasserriss

Ella

Ella versuchte immer noch zu verarbeiten, was sie gerade vom Chronisten erfahren hatte. Diese neue Wendung in Bezug auf die Zauberin und Zottelfell hatte sie nicht vorausgesehen. Unweigerlich fragte sie sich, wie lange Zottelfells Plan schon reifte. Was hatte er wohl alles dafür in Gang gesetzt, was sie immer noch übersahen?

Der Chronist schien ähnlich zu denken. Er hob seine Hand. »Moment, ich habe da eine Vermutung, die ich gern überprüfen möchte.« Er eilte davon und kehrte mit einer Phiole zurück.

Der Inhalt war zur Hälfte zu Stein erstarrt, doch ein wenig Flüssigkeit war noch vorhanden. Der Chronist lief damit auf das Wissensbassin zu und Ella, David, Felicitas und Mirabella folgten ihm.

Während der Chronist einen Tropfen der Flüssigkeit in das Becken fallen ließ, erklärte er: »Das ist kein Erinnerungs-Flakon. Es ist lediglich die Träne eines Meerjaners. Auf diese Weise kann ich beobachten, was im Flüstermeer vor sich geht.«

Im Wissensbassin wirbelte es. Kurz darauf erschien ein braun-fleckiger Riss. Er waberte mitten im Meer und eine Sogwirkung ging von ihm aus. Er saugte Müll an, der sich jenseits des Risses, auf der anderen Meeresseite, befand, und spie den Müll im Meer des Flüsterwaldes wieder aus.

Der Chronist barg das Gesicht in seinen Händen. »Wenn wir uns das nur schon früher einmal genauer angesehen hätten.«

Ella kam ein schrecklicher Verdacht. »Der Riss ist kein Versehen! Er wurde geschaffen!«

Der Chronist nickte und deutete auf die braunen Flecken, die um den Riss herum zu sehen waren. »Das ist dunkler Elfenstaub. Mit seiner Hilfe wurde der Riss absichtlich erzeugt, vermutlich vor langer Zeit. Es ist auch möglich, dass ein altes Artefakt der Dunkelelfen die Ursache dafür ist. Womöglich wurde es schon während des Elfenkrieges, noch vor der Verbannung der Dunkelelfen dort abgelegt. Es hat den Riss geöffnet, sich über die Jahre aber zersetzt. Der Riss mit der Sogwirkung ist geblieben.«

»Und er hat das Meeresvolk Stück für Stück mit Müll verseucht«, sagte David. »Das ist, als würden wir Giftgas in eine Stadt pumpen. Die Armen.«

»Ja.« Ellas Stimme war bitter. »Die Armen. Ehrlich gesagt sieht es auf der anderen Seite des Meeres bei den Meerestieren nicht besser aus, die bekommen auch den ganzen Müll ab. Aber das ist für die Meerjaner natürlich kein Trost. Mit diesem Riss hat alles begonnen.«

Sie mussten es irgendwie schaffen, Zottelfells Plan zu vereiteln. Dreh- und Angelpunkt war die Schöpfungsapparatur. Zuletzt hatte sie sich im Labor von Ellas Großvater befunden, wo sie sie hingebracht hatten.

Wie sollten sie nur an sie herankommen? Selbst wenn es ihnen gelänge, die umzingelte Burg zu verlassen und das Labor des Professors aufzusuchen, liefen sie Gefahr, selbst versteinert zu werden. So wie es dem Professor ergangen war.

Ella wünschte sich, dass Lukas hier wäre. Mit ihm hätte sie Pläne gewälzt und eine Lösung gefunden – sie lagen einfach auf einer Wellenlänge. Und wie gerne hätte Ella jetzt Rani geknuddelt.

Wie um ihr die ausweglose Lage vor Augen zu führen, erzitterte der Boden.

»Der Felsen der Zauberschwingen«, sagte Felicitas. »Nicht mehr lange und er wird endgültig herabstürzen.«

»Verdammt noch mal, es muss doch irgendeine Lösung geben!«, rief Ella.

»Können wir das Herz nicht irgendwie entlasten?«, fragte David. »Lässt sich dieser Felsen noch anders stabilisieren?«

»Nein«, sagte Ella.

»Möglich«, kam es vom Chronisten. »Und auch wieder nicht.«

Alle starrten auf den Mann in der blauen Kutte, dessen Ohren aufgeregt flatterten. »Es gibt tatsächlich einen Ort, der nicht vom Abzug der Magie betroffen ist.«

Ella runzelte die Stirn. »Das Wasser?«

»Exakt.« Der Chronist nickte ihr zufrieden zu. »Würde die Waldseele den Felsen über den See der Meerjaner lenken, wäre ausreichend Magie vorhanden, die nach oben strömt, um den Felsen zu stabilisieren. Er könnte nicht weit aufsteigen, würde aber über dem See schweben, ohne abzustürzen.«

»Das Herz ist nicht stark genug«, merkte Ella an, doch gleichzeitig kam ihr ein Gedanke. »Es sei denn, wir helfen ihm. Mit Freude.«

»Nicht mein vorherrschendes Gefühl«, sagte David.

»Aber das vieler anderer!« Ella schlug sich mit der Hand gegen die Stirn. »Es ist Nacht. Ganz Winterstein träumt. Und in ihren Träumen erleben die Menschen auch Freude. Wir haben doch in Australien erlebt, dass die Träume der Menschen enorme Macht besitzen. Lukas ist mit Rani und Dundi sogar in der Traumzeit unterwegs gewesen.«

Mirabella sog scharf die Luft ein. »Du willst Gefühle aus Träumen extrahieren? Die Gefühle einer ganzen Stadt?«

»Äh, schon. Geht das denn? Am liebsten würde ich jetzt Dundi befragen, er ist ja der Traumexperte, aber er ist leider nicht hier.«

Felicitas schürzte die Lippen. »Ja. Nein. Möglicherweise.« Sie wandte sich Mirabella zu. »Wenn wir beide zusammenarbeiten.«

Die andere Elfe stemmte ihre Hände in die Hüften. »Damit du die Lorbeeren erntest?«

»Es ist ja meine Idee.«

»Leute!«, rief Ella. »Uns rennt die Zeit davon.«

Beide Elfen atmeten tief ein und wieder aus.

»Na gut, ich helfe dir«, sagte Mirabella. »Wie genau willst du das denn anstellen?«

»Wir nutzen unsere Elfenstaub-Wolken«, erklärte Felicitas. »Wir lenken Gewitterwolken auf sie, um sie fortzutreiben. Es ist ja seit Tagen schlechtes Wetter und regnet – ein paar Gewitterwolken sind ständig unterwegs.«

Ella dachte wieder an ihr erstes Abenteuer mit Lukas, Rani, Felicitas und Punchy. Damals waren sie von der Himmelsstadt gepurzelt und direkt im Inneren der Elfenstaub-Wolken gelandet.

»Aber damit ist die gesamte Elfenstaub-Ernte weg«, wand Mirabella ein. »Der Wind wird den Staub hinaustragen, über den Flüsterwald hinweg … oh, nach Winterstein. Alles auf einmal.«

Felicitas strahlte zufrieden wie ein Komet, auf den ein Smiley gemalt war. »Genug Magie für einen riesigen Zauber. Aber wir haben nur einen Versuch. Und zuerst müsste ich noch etwas holen.«

Ella zögerte nicht lange. »Versuchen wir es.«

»Wartet hier!«, rief Felicitas. »Ich muss noch schnell zum Internat, bin gleich wieder zurück.«

Und schon schoss sie davon.

Damit blieb Ella nur zu hoffen, dass sie es gefahrlos dorthin schaffte und nicht unterwegs zu einer steinernen Statue wurde. Doch die Angst war unbegründet. Eine Stunde später kehrte die Elfe zurück und hielt einen Tiegel in der Hand.

»Das ist Traumstaub«, verkündete Felicitas. »Er ist sehr kostbar.«

»Woher hast du den?«, fragte Mirabella.

»Der war im Tresor des Internats.«

»Du kannst den Tresor knacken?! Das musst du mir beibringen.«

Felicitas versicherte, dass sie dazu bereit war. »Wir streuen den Traumstaub über die Wolkenfelder. Und wenn das Gewitter kommt, wirbelt der Elfenstaub angereichert mit Traumstaub über Winterstein.«

Ella hoffte, dass nicht inzwischen ganz Winterstein auf der Suche nach ihr war und noch ausreichend Leute schliefen. Und hoffentlich hatten sie schöne Träume, wie zum Beispiel von Gänseblümchen, Häschen oder anderen flauschigen Tieren.

»Dann liegt es jetzt an euch«, sagte Ella an die Elfen gewandt. »David und ich kehren zurück in den Thronsaal, damit wir dem Herzen Anweisungen geben können. Sobald die Freude hierherfließt, muss das Herz sie aufnehmen und die Stadt der Zauberschwingen über den See transportieren.«

Mirabella und Felicitas sausten davon.

»Auf in den Thronsaal?«, fragte David.

»Auf in den Thronsaal«, bestätigte Ella.

Sie rannten zur Tür.

»Viel Glück!«, rief der Chronist ihnen nach.

Das Reagenzglas in seiner Hand war mittlerweile vollständig versteinert.

Oh ja, Glück konnten sie gebrauchen.

Traumstaub

Ella

Gemeinsam mit David verließ Ella das Archiv durch die Portaltür, die sie wieder direkt in die Herzburg führte. Sie rannten in Richtung Thronsaal, doch als ein Geräusch erklang, stoppte sie im Lauf. Hinter ihr hatte sich das Portal zum Archiv geschlossen. Noch während sie es betrachtete, verschwand es.

»Die Magie ist fort«, sagte David heiser.

Die Schöpfungsapparatur hatte also auch die Jahreszeitenschlucht erreicht und das Refugium des Chronisten von jeglicher Magie entleert, ihn selbst versteinert.

David und sie wechselten einen Blick, dann rannten sie

weiter zum Thronsaal. Hier schwebte die Seele des Flüsterwaldes noch immer leicht durchschimmernd in der Luft, die leuchtende Kugel war jedoch völlig verblasst.

»Kannst du uns hören, Herz?!« Ella blickte verzweifelt in die Höhe. »Wir schicken dir gleich Kraft. Hoffentlich.«

»Ich bin mir nicht sicher, ob wir überhaupt zu ihm durchdringen.« David hatte die Arme verschränkt und schaute mit gerunzelter Stirn nach oben.

Sollten Felicitas und Mirabella Erfolg haben, musste das Herz die Kraft auch aufnehmen können. Es nutzte nichts, ein Glas Wasser zu reichen, wenn der Inhalt nicht getrunken wurde. Doch wie konnten sie zu ihm durchdringen?

Ellas Blick fiel auf das Tattoo.

Das Herz konnte darüber an die Beschützer des Waldes einen Ruf aussenden. War es möglich, dass sie selbst darüber auch das Herz erreichte? Ella fuhr mit ihrem Finger die Linien entlang.

Das Tattoo bestand aus einem Kreis, auf dessen Linie verschiedene Symbole zu erkennen waren. Jedes repräsentierte einen von ihnen: ein Buch für Lukas, eine Blume für Felicitas, eine Schreibfeder für Rani, eine Musiknote für Punchy und eine Theatermaske für Ella. Über jene Maske fuhr sie nun, schloss die Augen und schickte ihren Geist hinauf zum Herzen.

»Wir schicken Hilfe«, sandte sie gedanklich aus. »Gleich.«

Wie aufs Stichwort spürte sie die Spannung in der Luft, wie bei einem nahenden Gewitter. In der Ferne erscholl Donner.

»Es geht los!«, rief David.

»Bitte, sei bereit!« Ella fixierte das Herz mit ihrem Blick. »Wir sind da. Bis zum Ende.«

Der Donner grollte erneut.

»Wow!«, entfuhr es David. »Spürst du das?«

Er stand mit offenen Augen im Raum und starrte ins Nichts. Ella wollte zuerst verneinen, doch kurz darauf bemerkte sie es ebenfalls.

Magie!

Sie war überall. Die Freisetzung des Traumstaubs, angetrieben von gewaltigen Mengen an Feenstaub, holte die Träume der Menschen von Winterstein hierher. Ella spürte Freude und hörte Lachen.

Sie roch Sonnencreme, hörte das Rauschen der Wellen. Das Lachen von Menschen im Hintergrund. Urlaub am Meer.

Stiefelsohlen knarzten im Schnee. Flocken berührten leicht wie Federn ihre Haut. Es roch nach kaltem Wald. Ein Winterspaziergang.

Da war eine alte Dame mit gütigen Augen, die einen Teller mit Keksen herüberschob. Sie schmeckten nach Schokolade und Geborgenheit. Der Besuch bei Oma.

Und so ging es weiter.

Ella rannen längst Tränen der Freude über ihre Wangen, genau wie David. Sie lächelten, spürten zum ersten Mal seit langer Zeit wieder Hoffnung. Sie durchströmte sie wie ein wärmendes Feuer, umgab sie wie eine schützende Decke.

Das Herz loderte auf, wurde wieder sichtbarer, kraftvoller.

»Der Felsen der Zauberschwingen muss zum See!«, brüllte Ella.

Das Herz des Waldes reagierte immer noch nicht. Ella stellte sich vor, wie es am Ende aussehen würde: Der gewaltige Felsen schwebte hoch über dem See der Meerjaner. Getragen von der Magie, deren Reste wie ein feiner Nebel über dem See hingen. Neue Hoffnung.

In Ellas Geist loderte ein kurzer Funke auf. »Ich habe dich gehört.«

Das Herz begann damit, die Stadt der Zauberschwingen zu dem Ort zu verschieben, den die Zauberin niemals angreifen würde. Ihre alte Heimat. Wenn das geschafft war, konnte die Waldseele sich endlich wieder anderen Dingen zuwenden.

Flügelschläge erklangen und kurz darauf kamen Felicitas und Mirabella hereingeflogen. Sie wirkten müde, aber glücklich.

»Es hat geklappt«, rief Felicitas. »Und der Felsen hat gerade angefangen, sich in die richtige Richtung zu bewegen.«

»Die Seele weiß Bescheid«, sagte Ella.

Zufrieden blickten die Freunde zum Herzen, das in Kürze wieder Kraft schöpfen konnte.

»Wie lange hält denn der Zauber?«, fragte Ella.

Mirabella schürzte die Lippen. »Wir haben die gesamte Ernte an Elfenstaub aufgebraucht und den kompletten Traumstaub. Der Wind wird einmal über Winterstein hinwegfegen und die Magie glücklicher Träume heranschaffen. Es müsste reichen, dass die Waldseele den Felsen der Zauberschwingen verschiebt und selbst ein wenig Kraft schöpft.«

Alles, was sie also benötigten, war Zeit.

»Da komme ich ja gerade richtig«, erklang plötzlich eine Stimme.

Die Zauberin schwebte in den Thronsaal.

Wie bereits in Australien befand sie sich in einer Blase

aus brackigem Schmutzwasser, die sie komplett umgab. Ein feines Gespinst aus gelblichem Nebel umwaberte sie. Der Gestank, der davon ausging, erinnerte an Müllabfälle.

Hinter der Zauberin glitt die Schöpfungsapparatur in den Thronsaal. Ein Gerät aus Holz und Metall, geschaffen von den Blinzelbahningenieuren.

»Ein netter kleiner Trick, den ihr euch da habt einfallen lassen«, sagte die Zauberin. »Ich bin durchaus beeindruckt. Euch ist also aufgefallen, dass ich die Schöpfungsapparatur so eingestellt habe, dass sie die Magie unter Wasser nicht abzieht.«

Tatsächlich hatten sie es erstmals in Australien bemerkt, in der Unterwasserbasis von Zoe, Noah, Dundi und Zara. Dort waren Flüsterwaldkreaturen in einem See herumgeschwommen, die magischer Natur waren. Doch im Gegensatz zum Rest des Waldes waren sie nicht versteinert.

»Du würdest schließlich nicht dein eigenes Volk versteinern, richtig?«

»Absolut richtig, liebe Ella. Du cleveres Mädchen. Stattdessen werden die Flüsterwälder aufhören zu existieren, nur das Flüstermeer bleibt übrig. Ich werde es vergrößern, uns stärken. Und dann …«, in ihre Stimme schlich sich Hass, »… kümmern wir uns um die Menschen.«

Erschrocken keuchte Ella auf. Die Zauberin wollte in ihrer Zerstörungswut noch weiter gehen, als sie bisher gedacht hatten. Und endlich verstand Ella auch, dass sie keinen neuen Flüsterwald erschaffen wollte. ›Wald‹ war der falsche Ausdruck. Sie wollte eine Unterwasserwelt erschaffen, ganz ohne das Land. Ohne andere Flüsterwaldwesen oder gar Menschen.

Doch die Zauberin wusste nicht, dass sie dieses Ziel niemals erreichen würde.

»Du hast keine Ahnung, dass du selbst nur ein Werkzeug bist«, flüsterte Ella.

»Was ist das jetzt wieder für ein Trick?«, fragte die Zauberin. »Oh ja, du kannst gut mit Worten umgehen. Aber ich lasse mich von dir nicht verunsichern. Bringen wir es zu Ende! Und zwar sofort.«

Die Schöpfungsapparatur glühte auf.

Dann ging alles ganz schnell.

Neben Ella verwandelte David sich in einen Falken. Er stieß sich vom Boden ab, katapultierte sich in die Luft. Der Strahl der Apparatur traf ihn im Flug, ließ seine Federn grau werden, seinen Körper schwer.

In derselben Sekunde wurde er zu Stein und fiel mit einem lauten Tonk auf den Boden.

Die Zauberin wollte es zu Ende bringen.

Ella konnte spüren, dass irgendwo in der Ferne Zottelfell zufrieden miaute. Sein Plan näherte sich der Vollendung.

Reines Wasser

Lukas

Me'kai sank an der Wand zu Boden und lehnte seinen Rücken gegen die Pflanzen, die sie bedeckten. Dass das steinerne Becken auf dem Altar leer war und sich nicht wie erwartet Heilwasser darin befand, hatte all ihre Hoffnungen zunichtegemacht. »Ich hatte mir so sehr gewünscht, dass wir endlich einen Ausweg finden.«

Das hatten sie sich alle. Doch das Leben spielte oft gemeine Streiche.

»Hier gibt es schon lange kein Wasser mehr.« Dundi saß auf dem Rand des Beckens und ließ seine Beinchen baumeln.

Rani hatte neben ihm Platz genommen. »Hier ist alles trocken. Aber das Echo ist lustig. Echoooooo.« Der Menok wartete kurz und sagte dann leiser. »Echo, echo, echo.«

Lukas verdrehte die Augen. »Hier gibt es kein Echo, Rani. Hör auf damit.«

»Gibt es wohl.« Er flüsterte weiter. »Wohl, wohl, wohl.«

Wenn es nicht so traurig gewesen wäre, hätte Lukas darüber geschmunzelt. Er kraulte Rani kurz das Fell und ließ sich dann neben Me'kai in die Hocke nieder. »Es tut mir leid.«

»Und mir für euch«, gab der Meerjaner zurück. »Ohne einen Heiltrank sind wir verloren. Me'rina wird ihren Racheplan vollenden. Und damit ist es zu Ende.« Me'kai zupfte gedankenverloren ein Blatt von den Pflanzen und zerrieb es zwischen den Fingern. »Hier hat es bestimmt mal sehr schön ausgesehen.«

Jacub hatte sich gegenüber von ihnen im Schneidersitz niedergelassen und war mit den Gedanken ganz weit weg.

»Lukas«, rief Rani in das Becken hinein. »Lukas, Lukas, Lukas.«

»Ich versuche, ihn zu ignorieren«, flüsterte Lukas. »Gerade ist mir wirklich nicht zum Lachen zumute.«

»Da ist Magie«, behauptete Rani jetzt. »Magie, Magie,

Magie.« Der Menok deutete mit seinem Greifschwanz auf Me'kais Finger. »In dem Blatt. Blatt. Blatt.«

»Magie? In dem Blatt?«, fragte Me'kai überrascht, der sich dieses nun auch etwas genauer ansah. »Auf jeden Fall ist es feucht. Aber woher nimmt es das Wasser?«

Er sprang auf, genauso wie Lukas.

Erst jetzt wurde Lukas bewusst, was die Pflanzen ringsum bedeuteten. Auch diese benötigten schließlich Wasser, um zu wachsen und zu gedeihen. Irgendwo musste sich also doch noch welches befinden. »Natürlich, wenn es hier schon länger kein Wasser mehr gäbe, hätte auch Me'rina keine Probe mitnehmen können.«

Schlagartig kehrte Lukas' Kampfeswille zurück. Die meerjanische Wissenschaftlerin hatte das Wasser ausfindig gemacht, dann konnte ihnen das ebenfalls gelingen.

Die Pflanzen erstreckten sich vom Boden bis zur Decke, ihre Wurzeln mussten sich irgendwo unterhalb der Steine befinden. Nachdem es ihnen gelungen war, zwei lockere Steine zu lösen, sahen sie, woher die Pflanzen entsprangen: unterhalb des Altars. Doch dieser sah unbeschädigt aus, Me'rina hatte ihn also nicht gewaltsam geöffnet.

Gemeinsam mit Jacub betastete Lukas die Außenseiten, fand jedoch keinen verborgenen Mechanismus. Erst eine genaue Untersuchung des Beckens offenbarte, dass es sich im Uhrzeigersinn drehen ließ. Es klickte und der Altar schob sich zur Seite. Ein schabendes Geräusch erklang, Stein rutschte über Stein.

Darunter kam eine kreisrunde Öffnung zum Vorschein, deren Rand mit Wurzeln bedeckt war. Im Inneren des Schachts erkannten sie klares Wasser.

»Das ist es«, rief Dundi und streckte aufgeregt seine Zunge hinein. Gleich darauf verkündete er: »Nein, das ist es nicht.«

»Was soll das heißen?«, fragte Lukas verdutzt.

»Es ist sehr reines Wasser, aber ohne Magie«, erklärte das Regenbogengürteltier.

»Wir übersehen etwas.« Me'kai streckte seine Hand in das Wasser. Sofort bildeten sich rote Schlieren im Wasser.

»Die Blätter«, begriff Lukas in der gleichen Sekunde. »Du hast eines davon zwischen deinen Fingern zerrieben. Die Reste vermischen sich mit dem Wasser und verändern es.«

Dundi streckte erneut die Zunge aus und schmeckte das Wasser, dann nickte er. »Ja, jetzt ist es Heilwasser.«

Jacub friemelte bereits leere Reagenzgläser hervor und stellte sie auf. Er schöpfte das Wasser ab und bröselte die zerriebenen Blättern hinein. »Jetzt fehlt nur noch der helle Elfenstaub.« Er kramte in seiner Tasche und zog die silberne Dose hervor, die er den anderen schon einmal gezeigt hatte. Vorsichtig schraubte er den Verschluss ab. Dann streute er ein wenig Elfenstaub in das Reagenzglas, verkorkte und schüttelte es. Er schloss die Augen. »Das ist es. Damit können wir alle heilen, die durch Giftmüll erkrankt sind oder mit dunklem Elfenstaub infiziert wurden. Es hebt jede Art von dunkler Elfenmagie auf und stellt den Ursprungszustand des Körpers wieder her.«

Me'kai starrte mit geweiteten Augen auf das winzige Reagenzglas. »Ich kann es noch gar nicht glauben.«

Jacub nahm ein weiteres Reagenzglas hervor und wiederholte die Prozedur. Er reichte es Me'kai. »Hier, damit könnt ihr bei euch auf den Krankenstationen sofort mit der Heilung beginnen. Ein Tropfen pro Meerjaner sollte genügen. Aber ich kann noch viel mehr herstellen.«

»Ich danke dir.« Me'kai schloss seine Hand andächtig um das Reagenzglas. »Euch allen. Das werden wir nie vergessen.«

Sie füllten noch etwas mehr von dem Wasser ab, damit sie auch ja genügend zur Verfügung hatten. Erst dann drehte Lukas wieder an dem steinernen Becken und der Altar schob sich zurück auf den Schacht.

Der Rückweg fühlte sich länger an, doch das lag wohl nur daran, dass er so schnell wie möglich in den Flüsterwald wollte. Sie hangelten sich an der Liane in die Höhe, eilten zum See und nach einem kurzen Plätschern im Wasser kamen auch schon die Dellis. Mit einem Quietschen begrüßten sie die Freunde.

Me'kai sprang zuerst ins Wasser und sofort wurden seine Beine wieder zu einem Meerjaner-Fischschwanz. Gleichzeitig schlich sich Müdigkeit in seinen Blick, doch er schaffe es, wach zu bleiben. Lukas teilte sich wieder mit Rani einen Sattel, Jacub mit Dundi.

Die Unterwasser-Reittiere schossen durch den alten Pfad, wichen den Rissen aus und kurz darauf befanden sie sich im Flüstermeer. In der Ferne tauchte die Stadt der Meerjaner auf.

»Ich schwimme sofort zur Heilkoralle, um mit der Behandlung zu beginnen«, rief Me'kai. »Die Dellis bringen euch noch zu eurem Flüsterwald. So werdet ihr auch von keinem anderen Tier angegriffen, sie können jeden mit lautlosen Schallsignalen abwehren. Den Rückweg zu ihrem Stall finden sie allein.«

»Vielen Dank für deine Hilfe«, sagte Lukas, als sie sich verabschiedeten. »Wir hätten es ohne dich nicht geschafft.« Er winkte dem Meerjaner zu.

Dieser schoss breit grinsend davon. Es war das erste Mal, dass Lukas ihn lachen sah. Er freute sich bei dem Gedanken, dass die Meerjaner jetzt wieder gesund werden würden. Und endlich hatten sie nun auch die Lösung, um die Zauberin aufzuhalten.

Wie bei einem Korkenzieher ging es in Spiralen vom Flüstermeer über den Pfad hinauf in den See. Hier stiegen die Freunde aus dem Sattel der Dellis, verabschiedeten sich und schwammen ans Ufer. Die Unterwasser-Reittiere tauchten wieder ab.

Zurück an Land blickte Lukas in die Höhe und erschrak. Der Felsen der Zauberschwingen kam dem See immer näher. Als würde das Herz des Waldes ihn absichtlich hierher steuern.

Hoffentlich kamen sie noch nicht zu spät. »Wir beeilen uns besser.«

Sie eilten zur Blinzelbahn, die glücklicherweise in Richtung der Herzburg noch funktionierte. Mit einem Blinzeln begaben sie sich dorthin.

Rückkehr zur Herzburg

Lukas

Sie betraten die Gänge der Herzburg und Lukas blickte durch eines der Fenster hinaus.

Erschrocken keuchte er auf. »Da sind nur noch Angreiferkatzen.«

Vor der Herzburg befand sich ein wimmelnder Haufen aus fauchenden Katzen, die mit eitrig-gelben Augen zu ihm hinaufstarrten. Was war hier nur passiert? Und wo waren die Verteidiger der Herzburg?

Rani blickte neben ihm hinaus und zog mit seinem Greifschwanz den Lockenwickler-Stab aus seiner Felltasche. »Ich könnte versuchen …«

»Zum Thronsaal, schnell.« Lukas schnappte sich den Menok, setzte ihn sich auf die Schulter und rannte los.

Jacub folgte ihm, Dundi rollte.

In Rekordzeit erreichten sie den Sitz der Herzseele. Doch hier herrschte Chaos. Vor dem Herzen lag ein versteinerter Falke auf dem Boden. Ein paar Schritte weiter schwebte die Zauberin in ihrer Blase mit dem gelblich-giftigen Wasser, umgeben von dem typischen Nebel. Sie lachte. »Du kommst gerade richtig, Lukas. Passend zum Ende.«

»Wir wissen jetzt alles!«, rief Lukas und ergänzte: »Me'rina.«

Die schwebende Kugel verharrte.

»Das ist doch dein Name.« Lukas ging langsam näher. »Wir haben mit Me'jana gesprochen.«

»Sie … lebt?«

»Momentan ist sie krank«, erklärte er. »Aber wir haben ein Heilmittel gefunden. Me'kai behandelt sie in diesem Augenblick. Sie wird wieder gesund.« Er griff nach der Phiole mit dem Heiltrank, die Jacub ihm reichte. »Damit können wir auch dir helfen.«

»Helfen?«, echote die Zauberin. »Ihr wollt mich schwächen. Aber darauf falle ich nicht herein. Wie oft habe ich gehört, dass die Landbewohner dem Meer helfen wollen, doch es war stets eine Lüge. Der Flüsterwald wird dem

Flüstermeer niemals zur Seite stehen! Das ist nur ein Trick von dir, damit ihr mich endgültig besiegen könnt!« Ihre Stimme wurde mit jedem Satz lauter.

Wie gerne hätte Lukas jetzt Me'kai an seiner Seite gehabt oder Me'jana. Sie hätten auf die Zauberin einwirken können. Er wich langsam zu Ella aus.

»Dunkler Elfenstaub hat sie verändert.« Er flüsterte Ella hastig in zwei, drei Sätzen zu, was sie herausgefunden hatten.

Ella wiederum berichtete zügig, was sie über Zottelfell und die Dunkelelfen erfahren hatten. Viel mehr war nicht möglich, denn in die Zauberin kam wieder Bewegung.

»Findet euch damit ab, dass ihr verloren habt!«, rief die Zauberin. »Ich habe es fast geschafft.«

»Nein«, schaltete Ella sich ein. »Zottelfell ist es, der kurz vor dem Sieg steht. Er will die Magie der Schöpfungsapparatur für sich, um damit das Gefängnis der Dunkelelfen zu öffnen.«

»Das ist Unsinn!«

Ein weiterer Strahl löste sich abrupt von der Apparatur und schoss durch den Raum. Jacub riss die Augen auf, doch im nächsten Augenblick war er versteinert.

»Wir müssen den Heiltrank in ihre Wasserblase befördern«, sagte Lukas hastig. »Ich öffne ein Loch in ihrer

Blase, es ist letztlich auch nur ein magisches Kraftfeld. Ich kann es spüren. Ein Tropfen des Heiltranks genügt. Felicitas?«

»Schon unterwegs.« Die Elfe kam herbeigeflitzt und schnappte sich das Reagenzglas.

»Ich lenke ab«, versprach Mirabella.

Beide sausten davon.

»Was ist denn mit denen passiert?«, fragte Lukas erstaunt.

»Sie haben wohl gemerkt, dass Teamwork besser funktioniert als Konkurrieren. Hier war eine ganze Menge los, während ihr weg wart.«

Felicitas wich im Flug einem weiteren Strahl der Schöpfungsapparatur aus, Mirabella drehte einen Looping.

Rani hoppelte auf die Zauberin zu und richtete den Lockenwickler-Stab auf sie. »Wenn du dich nicht geschlagen gibst, werde ich dich in einen Vogel verwandeln.«

Ella starrte entgeistert auf den Menok. »Ist das …?«

»Frag nicht.« Lukas rannte zu dem Winzling und hob die Hand. Als der Strahl der Zauberin auf den Menok zuschoss, blockierte Lukas ihn mit einem Kraftfeld.

»Wow, das kann der Stab also auch.« Rani drehte die Spitze des Lockenwickler-Stabes zu seiner Schnauze. »So viel Magie, dass ich gar nicht alle auf einmal erspüren kann.« Erst jetzt bemerkte er Lukas. »Du brauchst mir nicht zu danken.«

Felicitas hatte die Blase der Zauberin erreicht und flog etwas tiefer. Lukas richtete sich wieder auf, hob die Hand und konzentrierte sich auf die Kraftfeldblase der Meerjanerin. Die Magie kräuselte sich und … wurde erneut fest.

Die Elfe ließ einen Tropfen herabfallen, doch er glitt wirkungslos ab.

»Dachtet ihr wirklich, dass ich nicht vorbereitet bin?« Die Zauberin lachte gehässig. »Nach unserem Zusammentreffen in Australien wusste ich, dass du deine Siegelmagie immer besser beherrschst, ich habe mich entsprechend geschützt.«

Bevor Lukas etwas sagen konnte, erreichte die Magie der Schöpfungsapparatur Dundi. Das Regenbogengürteltier wurde ebenfalls zu Stein.

Die Herzseele loderte grell auf, mobilisierte ihre letzte Kraft, um den Stein über dem See zu platzieren. Dies würde wenigstens Winterstein retten. Vorerst. Doch die Magie im Flüsterwald war nahezu fort.

»Wie fühlt es sich an?«, fragte die Zauberin. »Das Ende naht und ihr seid machtlos. So erging es uns. Umgeben von Gift und Müll, keiner hat uns zugehört, niemand wollte helfen. Jetzt seid ihr auf euch allein gestellt.«

Felicitas sauste zu Ella und landete auf ihrer Schulter, flüsterte ihr etwas ins Ohr. Mirabella flog auf die Zauberin zu, hob ihre Hände und setzte zu einer weiteren Attacke an.

Doch es war zu spät. Die Schöpfungsapparatur holte sich die Magie der Elfe und sie wurde zu Stein.

Rani ließ traurig den Lockenwickler-Stab sinken. »Er funktioniert nicht mehr, ich wollte sie beschützen.« Einen Moment später wurde sein Greifschwanz grau, sein Fell zu Stein. Auch er war versteinert.

Nur noch Ella, Felicitas und Lukas waren übrig.

In diesem Augenblick konnte Lukas spüren, wie etwas ›einrastete‹. Anders konnte er es nicht beschreiben. Ein gewaltiger Druck fiel vom Herz des Waldes ab, der Felsen der Zauberschwingen befand sich am Zielort.

Die Gefahr war gebannt!

Lukas atmete auf. Und fuhr zusammen. Ein greller Strahl löste sich von der Schöpfungsapparatur und schlug in das Herz ein.

»Nein!«, brüllte Ella.

Die Waldseele war geschwächt, hatte die letzte verbliebene Magie aufgebraucht, um den Felsen zu verschieben. Doch für die Zauberin war sie nun keine Gefahr mehr. Langsam sank der leuchtende Ball zu Boden, wurde grau und schließlich vollständig zu einer Felskugel.

»Lukas«, rief Felicitas ängstlich.

Eine Träne löste sich aus ihrem Auge und rann über ihre Wange. Die Flügel der Elfe wurden grau. Auch sie wurde zu Stein.

»Ich habe gewonnen!«, rief die Zauberin. »Ohne die Waldseele hört der Flüsterwald auf, zu existieren. Ich besitze alle Magie, die ich für mein Vorhaben benötige. Ihr beiden seid die Letzten, das hatte ich euch ja versprochen. Keine Sorge, das Gefühl der Hoffnungslosigkeit wird gleich vorbei sein. Dann fühlt ihr gar nichts mehr.«

Ein böses Lachen hallte durch den Raum.

Lukas trat zu Ella. Mit grimmigem Blick starrte er zu Me'rina.

Ein weiterer Strahl löste sich von der Apparatur.

Der letzte Funken Magie

Ella

Der Strahl traf auf einen blauen Schutzschild, den Lukas erzeugt hatte. »Was jetzt?«

Ella betrachtete das Reagenzglas mit dem Heiltrank in ihrer Hand. Noch vor wenigen Sekunden hatte Felicitas ihr ins Ohr geflüstert, dass es nur einen Ausweg gab. Dann war die kleine Elfe zu Stein geworden und von Ellas Schulter gepurzelt. Nun lag sie als unterarmlange Elfenstatur am Boden.

Der magische Strahl aus der Apparatur wurde stärker. Lukas stemmte sich dagegen, das Gesicht vor Anstrengung verzogen. Seine Haare wirbelten wild durcheinander, so stark war der Druck der aufeinanderprallenden Magie. »Ich schaffe das nicht mehr lange.«

Es liegt an mir. Ella schloss die Hand fest um das Reagenzglas. »Halte durch! Ich versuche etwas.«

Sie konzentrierte sich auf ihr Innerstes, den Ursprung ihrer Magie. Der Meisterschlüssel war längst fest mit ihr verbunden, bildete einen glimmenden Kern in ihrem Inneren, der Ruhe und Kraft ausstrahlte. Sobald Ella sich einer Blinzelbahn näherte, veränderte sich das Gefühl und wurde zu gespannter Erwartung. Konnte es ihr auch hier gelingen, ihre magische Kraft zu entfachen? Weit weg von jeder Blinzelbahn?

Sie tastete nach der Magie in ihrem Inneren und stellte sich vor, wie ein Tropfen aus dem Heiltrank in der Blase der Zauberin erschien. Blinzelmagie konnte das. Normalerweise.

»Es funktioniert nicht«, sagte sie.

Lukas hielt das Kraftfeld nur noch stöhnend aufrecht. Es war klar, dass die Zauberin über größere Kräfte verfügte als er. Sie besaß die gesamte Magie aller Flüsterwälder. »Was denn?«

»Ich wollte einen Tropfen Heiltrank in ihre Blase blinzeln«, erklärte sie. »Doch es geht nicht. Wie machst du das mit deiner Magie?«

Lukas hielt nun sein rechtes Handgelenk mit der linken Hand fest, die Wucht des magischen Strahls wurde immer stärker. »Ich kann sie aktivieren, wenn Gefahr droht.« Seine Wangenknochen traten hervor.

Natürlich, Ella erinnerte sich. Lukas hatte ein schützendes Kraftfeld um sie herum erzeugt, als sie im Schneegebirge des Katzenwaldes von einer Lawine erwischt worden waren. Auch das Siegel zum Schattenwald hatte er geschlossen gehalten, weil er seine Freunde beschützen wollte.

Das wollte sie ebenfalls.

Ella konzentrierte sich auf das Gefühl, starrte die Flüssigkeit an und berührte ihre Magie. Nichts. »Es geht nicht.«

»Du musst … deinen eigenen … Auslöser finden«, keuchte Lukas.

Me'rinas Strahl fraß Löcher in Lukas' Schutzschild. Ein abrupter Knall erklang und Lukas wurde durch die Luft gewirbelt. Ella knallte gegen die Wand. Glücklicherweise hatte sie das Reagenzglas nicht losgelassen.

Lukas' Gesicht war von Schrammen übersät, seine Haut aufgescheuert. Mit grimmiger Entschlossenheit hob er die Hand erneut, es erschien jedoch ein deutlich kleinerer Schild. Die Zauberin konzentrierte ihre gesamte Kraft auf ihn. In Ella sah sie offensichtlich keine Gefahr.

Und das war sie auch nicht.

Die verdammte Blinzelmagie wollte einfach nicht so funktionieren, wie sie sollte!

Ella blinzelte.

Nichts.

»Verdammt noch mal!«, rief sie verärgert.

»Keine Sorge«, kam es von der Zauberin. »Um dich kümmere ich mich auch gleich. Sobald Lukas zu einer hübschen Statue geworden ist, wirst du der letzte Funken Magie sein, liebste Ella. Das letzte Überbleibsel des Flüsterwaldes.«

Die Worte jagten einen Schauer über Ellas Körper.

Im Geiste sah sie Lukas zu Stein werden, dann sich selbst. Zottelfell würde sich die Schöpfungsapparatur schnappen und das Gefängnis der Dunkelelfen öffnen. Und die Dunkelelfen würden über Winterstein herfallen. Alles versank in Chaos.

Und sie sollte es aufhalten?

Nach außen hin mochte Ella sich tough geben, doch die Einsamkeit der letzten Jahre nagte noch immer an ihr. Anfangs hatte Lukas sie nicht in seinem Team haben wollen, daran erinnerte sie sich nur allzu gut. Ohne Freunde, ohne ihren Großvater hatte sie sich zurückgezogen. War allein gewesen. Doch mittlerweile war sie ein Teil der Flüsterwald-Gruppe, hatte sie alle lieb gewonnen. Lukas war längst ein Freund. Ein besonderer Mensch in ihrem Leben.

Trotzdem kamen manchmal diese Gedanken auf. War sie genug? Mochten die anderen sie wirklich um ihretwillen? Was, wenn sie versagte, nicht gut genug war?

Ellas Hand zitterte, als sie auf das Reagenzglas blickte. Und sie spürte, dass sie innerlich ein Stück von ihrer eigenen Magie abgerückt war.

»Gleich ist es so weit, Lukas!«, rief die Zauberin.

Und das war es tatsächlich.

Der Schutzschild zerstob, und bevor Lukas reagieren konnte, verfärbte sich seine Kleidung.

»Ella«, hauchte er entsetzt.

Einen Moment später war er zu Stein geworden.

»Damit sind wir die Letzten.« Die Zauberin schwebte in die Mitte des Raumes, wo bisher das Herz gewabert hatte. »Du kannst diesen bösartigen Trank noch lange anstarren, Ella. Er wird dir nicht helfen.«

Die Zauberin löste die Schöpfungsapparatur erneut aus: dieses Mal nicht als Strahl, sondern als magische Funken. Sie tanzten um Ellas Füße herum, ließen sie schwer werden und grau. Ihre Füße wurden zu Stein.

»Dies ist mein Triumph.« Me'rinas Stimme hallte durch den Raum. »Ich bin Herrin der Herzburg, habe die Waldseelen geschlagen und die Flüsterwälder in die Knie gezwungen. Es ist mein Triumph.«

»Oh ja«, sagte Zottelfell, der plötzlich auf dem Fenstersims des Thronsaals aufgetaucht war. »Der Sieg gehört ganz allein dir.«

Die Funken stiegen an Ellas Körper empor.

Sie tastete nach der Magie in sich. Ein Bild blitzte in ihrem Geist auf. Ihre Mutter, die sie lächelnd in eine Umarmung zog. Sie erinnerte sich, wie sie letzten Sommer auf einen Pferdehof gefahren waren, wo sie gemeinsam ausritten. Der Wind wehte ihnen ins Gesicht, am Horizont ging die Sonne unter.

Die Freude, die sie verspürte, als Lukas sie im Flüsterwald-Team aufnahm. Sie dachte an Lukas, der mit ihr Pläne schmiedete. Felicitas, die ihr zulächelte, ihr Schicksal in Ellas Hände legte. Rani, der sich kraulen ließ und auf ihrem Bauch einschlief. Punchy, deren beeindruckter Blick Ella traf. Die Liebe, die von ihren Freunden ausging.

Ihr Großvater, der stolz darauf war, dass Ella zu einer Beschützerin geworden war, sich aber trotzdem noch um sie sorgte. Er gab sie niemals auf und sie niemals ihn.

Mochte das alte Gefühl der Einsamkeit noch nachhallen, Ella war längst nicht mehr einsam. Sie musste das Gefühl nur loslassen, musste auf all die Menschen und Flüsterwäldler vertrauen, die ihr Leben bereicherten.

Vertrauen!

Die Magie in ihrem Inneren wallte auf.

Vertrauen.

In ihre Familie.

Ihre Freunde.

In sich selbst.

Und ihre Magie.

Die Funken der Schöpfungsapparatur erreichten Ellas Hüfte, stiegen höher und verwandelten sie unaufhörlich in Stein. Sie streckte einen Arm aus.

»Mit dir vergeht der letzte Funken Magie«, sagte die Zauberin.

Ella ließ die Magie aus ihrem Inneren ihr Herz umfangen, ihre Seele, ihr Ich. Ja, sie vertraute all jenen, die ihr etwas bedeuteten. Und sie vertraute in sich selbst.

Zu Recht!

Sie lächelte.

Eine Träne löste sich, rollte über ihre Wange.

Ella blinzelte.

Und sie wurde zu Stein.

Das Gefängnis

Ella

Ella wusste nicht, wie lange sie als steinerne Statue dagestanden hatte. Doch plötzlich spürte sie, wie die Härte um sie herum wich und alles weich wurde. *Sie* wurde weich.

»Was habe ich getan?«, erklang Me'rinas Stimme.

Ella spüre, wie auch ihre Beine wieder beweglich wurden, und brach in die Knie.

»Das war vielleicht knapp.« Lukas kam gerade taumelnd in die Höhe.

Auch Rani, Felicitas und Mirabella hatten sich aus ihrer Versteinerung gelöst.

»Ich habe es geschafft«, flüsterte Ella. »Ich habe die

Blinzelmagie genutzt. Ich konnte einen Tropfen des Heiltranks direkt in ihre Blase teleportieren.«

Lukas zog Ella grinsend in eine Umarmung. »Du hast uns gerettet.«

»Aber nur, weil du mir Zeit verschafft hast, Mister Kraftfeld.«

Vor Ella lag noch ein langer Weg, bis sie ihre Magie komplett beherrschte, doch im Moment war sie einfach nur froh. Bis sie sich genauer umsah. »Wo ist die Schöpfungsapparatur?«

Das Wasser in Me'rinas Blase war wieder klar. Sie erkannten jetzt, dass die Meerjanerin hüftlanges Haar und einen goldenen Meerjungfrauenschwanz hatte. »Ich wollte doch nur die anderen heilen.«

»Zottelfell«, entfuhr es Lukas. »Er hat die Schöpfungsapparatur.«

»Kannst du die anderen hier im Thronsaal aus ihrer Versteinerung erwecken?«, fragte Ella die Zauberin.

»Euer Trank hat mich geheilt«, erwiderte Me'rina. »Dadurch habe ich aber auch alle Extramagie verloren, die ich durch Einnahme des falschen Heiltranks bekommen habe. Meine letzten Reste Magie habe ich benutzt, um euch aus eurer Versteinerung zu befreien. Aber mehr ist nicht übrig. Nur mithilfe der Schöpfungsapparatur wäre ich in der

Lage, die Versteinerungen im Flüsterwald rückgängig zu machen.«

Der Flüsterwald war also noch immer nicht gerettet, wurde Ella schlagartig bewusst. »Zottelfell wird die Apparatur zum Gefängnis der Dunkelelfen bringen und es öffnen.«

»Dann halten wir ihn auf!«, rief Lukas.

»Felicitas, wo befindet sich das Gefängnis?«, fragte Ella.

Die Elfe ließ ihre Flügel hängen. »Ich weiß es nicht. Lediglich die Königin der Elfen weiß das. Sonst niemand. Es sollte ja gerade verhindert werden, dass irgendjemand den Weg dorthin findet und Dummheiten anstellt. Es war schlimm genug, dass der dunkle Magier mit Silberglanz und dunklem Elfenstaub experimentierte.«

»Wir fragen die Elfenkönigin«, entschied Mirabella.

Lukas eilte zum Fenster. Tief unter ihnen war noch immer alles voll mit Angreiferkatzen. Sie blickten fauchend in die Höhe. »Da kommen wir nicht vorbei.«

»Lass uns nur machen.« Felicitas zwinkerte.

Schon schossen die beiden Elfen durch das Fenster hinaus. Doch auf dem Weg dahin legte sich eine Art Schleier über sie, der sie verbarg.

Da die Elfen vom Trank nicht verwandelt worden waren, wie Ella nun auch Lukas erklärte, hätten sie sich normalerweise noch immer sprechen können. Mittlerweile waren sie allerdings versteinert, weshalb Lukas keine Ahnung hatte, wie sie dieses Problem lösen wollten.

Rani trippelte zur Blase der Zauberin. »Kannst du bitte auch Dundi aus seiner Versteinerung befreien? Ich mag ihn sehr.«

»Das würde ich gerne, kleiner Menok. Aber ich habe meine Magie aufgebraucht. Diesen letzten Kampf müsst ihr alleine bestreiten. Mit euch hat es mit der Suche um den verborgenen Meisterschlüssel begonnen, mit euch wird es enden. Auf die eine oder die andere Art.«

Rani klappte seine Ohren nach unten und wirkte unglücklich. Lukas nahm ihn auf die Schulter, kraulte sein Fell und sprach beruhigende Worte.

»Ella«, rief er anschließend und wandte sich ihr zu. »Wenn Felicitas und Mirabella tatsächlich herausfinden, wo sich das Gefängnis der Dunkelelfen befindet, kannst du uns dann dorthin blinzeln?«

»Auf keinen Fall.« Ella schüttelte den Kopf. »Ich habe es gerade so geschafft, diesen einen Tropfen zu blinzeln, es wird noch lange dauern, bis ich größere Dinge oder sogar Lebewesen blinzeln kann. Wir müssen uns etwas anderes einfallen lassen.«

Lukas kramte in seinem Rucksack und förderte die

Flasche mit dem abgefüllten Flugpulver hervor. »Das gute alte Flugpulver. Hoffen wir, dass es überhaupt noch funktioniert und lange genug anhält.«

Vom Fenster her erklang Flügelschlagen und kurz darauf kehrten Felicitas und Mirabella zurück. Die beiden Elfen wirkten überaus zufrieden.

»Wie hast du deine Mutter aus ihrer Versteinerung befreit?«, fragte Ella.

»Gar nicht. Aber wir waren ja sehr lange über das Herz des Waldes miteinander verbunden, das sich jeweils zur Hälfte in uns aufgeteilt hatte. Da in mir noch ein wenig Magie zurückgeblieben ist, konnte ich die Verbindung wieder aufbauen. Es war mehr ein Austausch von Bildern und Gefühlen. Aber ich weiß jetzt, wo das Gefängnis ist.«

Ella lauschte gespannt.

»Der letzte Kampf zwischen den Dunkelelfen und uns gewöhnlichen Elfen fand damals am dunklen Palast der Elfen statt«, erklärte Felicitas. »Dort wurde das Zeitgefängnis erschaffen.«

»Wo ist das?«, fragte Ella.

»Weit, weit im Osten«, erwiderte Mirabella. »Wenn Zottelfell die Katzenlinien benutzt, wird er bereits sein Ziel erreicht haben.«

Was die Frage aufwarf, wie sie ihn einholen konnten.

Sie konnten zwar die Blinzelbahn in der Herzburg nutzen, doch vom Zielbahnhof aus würden sie erst mühsam durch den Wald vordringen müssen.

»Dann bleibt es beim Fliegen.« Lukas streute das Pulver über Ella, sich selbst und Rani.

»Ich bin sehr gut in Beschleunigungszaubern«, erklärte Mirabella.

»Beim letzten Mal bist du damit in einem Busch gelandet«, merkte Felicitas an.

»Es war ein hübscher Busch«, entgegnete Mirabella. »Außerdem haben wir keine Wahl, oder?«

Die anderen stimmten ihr zu und damit war es entschieden. Sie stiegen auf das Fensterbrett und stießen sich ab. Ella bemerkte sofort, dass die alten Berechnungen nicht mehr stimmten, das Fliegen fiel ihr schwerer. Dadurch dass die Magie aus dem Flüsterwald verschwunden war, würde auch das Pulver nicht mehr lange halten. Sie hatten Glück, dass es überhaupt noch funktionierte.

Mirabella ließ ihren Elfenstaub wirbeln, um einen Beschleunigungszauber zu wirken. Im nächsten Augenblick fühlte Lukas sich, als hätte ihn jemand in eine Kanone gesteckt und abgeschossen. Sie rasten durch die Luft.

»Huiiiiiiii!«, rief Rani.

Da er vor Lukas flog, peitschte sein Greifschwanz ihm

mehrmals ins Gesicht. Schließlich packte Lukas den Menok und hielt ihn einfach zwischen seinen Armen. Ella kicherte bei dem Anblick.

»Das ist so lustig!«, rief Rani.

Die alte Version des Menoks hätte ihnen jetzt vermutlich ins Ohr gebrüllt, dass sie alle sterben würden. In diesem Augenblick war Ella froh über den Humorschub, den der Winzling gerade durchmachte. Und sie alle mit ihm.

»Dort unten!«, brüllte Felicitas.

Sie hatten ihr Ziel tatsächlich blitzschnell erreicht. Ella erspähte Ruinen aus schwarzem Glas, die von einem seltsamen Schimmer umgeben waren.

»Vor aller Augen verborgen«, sagte Felicitas. »Wir können sie nur sehen, weil ich hier bin. Meine königliche Herkunft ermöglicht es.«

Vor den Ruinen befand sich ein weites Feld, auf dem ein riesiger Silberglanzblock stand. Im Inneren waren winzige Silhouetten auszumachen.

Und vor dem Silberglanzblock …

… saß Zottelfell. Er leckte sich die Tatzen. Neben ihm stand die Schöpfungsapparatur, aus der sich bereits Magie zu lösen begann.

Die Befreiung der Dunkelelfen hatte begonnen.

Sie gingen tiefer und landeten vor ihrem wahren Gegner.

»Ihr kommt zu spät«, sagte Zottelfell. »Wie immer. Gleich werden sie frei sein.« Er miaute. »Und ihr könnt nichts mehr dagegen tun.«

Die freigesetzte Magie aus der Schöpfungsapparatur glitt über das Silberglanzblock-Gefängnis.

Die Worte des Chronisten hallten in Ellas Kopf wider: *Aus der Asche des Flüsterwaldes und den Ruinen der Menschenstädte werden die Dunkelelfen sich neu erheben.*

In diesem Augenblick erfüllte sich die Prophezeiung.

Die Maske fällt

Lukas

Das Gespinst aus Magie wirkte weich und gleichzeitig kraftvoll. Es stieg von der Schöpfungsapparatur auf und glitt hinüber zum Silberglanzgefängnis. Wo es auftraf, begann der Silberglanzblock zu schmelzen, wie ein Eiswürfel in der Wüste. Lukas musste an Pera denken, die ebenfalls in einem Silberglanzblock eingesperrt gewesen war.

»Ich hätte nicht gedacht, dass ihr noch einmal davonkommt«, gab Zottelfell freimütig zu. »Aber auch eine Katze irrt sich mal.«

»Du bist keine«, sagte Ella. »Es hat zwar gedauert, doch irgendwann ist es mir klar geworden. In Australien hast du gesagt, dass du diesen Körper freiwillig gewählt hast. Und dass du ihn jederzeit aufgeben kannst.« Ihr Blick glitt hinüber zum Gefängnis. »Du bist eine Dunkelelfe.«

Zottelfell lachte meckernd. »Und damit liegst du richtig. Das bin ich, bleibe ich auf ewig. Sobald ich sie befreit habe, werden sie mich aufnehmen.«

Wie Sand, der vom Wind davongetragen wurde, zerbröselte Zottelfells Katzengestalt und setzte sich neu zusammen. Vor ihnen schwebte ein Elfenjunge, die Haut kreidebleich, das Haar schwarz.

»Leno!«, rief Mirabella erschrocken. »Das ist mein Freund. Der, den ich seit Monaten suche.«

»Ich hätte wissen müssen, dass du keine Ruhe geben würdest, Mirabella«, erwiderte der Elfenjunge, über dessen linkem Auge eine Narbe verlief.

Lukas hatte sein Foto in Mirabellas Amulett gesehen, als er gemeinsam mit Rani, Felicitas und Punchy das Elfeninternat besucht hatte. Dort hatte Mirabella ihnen geholfen, herauszufinden, wohin die Zauberin Ella entführt hatte. »Aber du warst mal eine gewöhnliche Elfe.«

»Genau!«, rief Leno. »Gewöhnlich.« Er spuckte das Wort aus. »Aber dann habe ich das Wandelartefakt gefunden und wurde zu etwas Besonderem.«

Neben Lukas erbleichte Ella. »Davon hat der Chronist

gesprochen. Die Dunkelelfen verfügten über gefährliche, magische Dinge, die sie tarnen konnten: als Blumen oder anderes. Und wenn gewöhnliche Elfen ihnen zu nahe kamen, wurden sie eingefangen und ihre Flügel mit dunklem Elfenstaub bestreut. Dadurch haben sie sich in Dunkelelfen verwandelt.«

Endlich hatten sie das letzte Puzzlestück gefunden. Leno war bei seinem Streifzug durch den Flüsterwald in eines der alten Artefakte der Dunkelelfen geraten. Daraufhin war er zu einer Dunkelelfe geworden, und in ihm war der Drang entstanden, die anderen Dunkelelfen zu befreien.

Er vergrößerte den Spalt im Flüstermeer, woraufhin die Meerjaner noch schneller am Giftmüll erkrankten und sich immer mehr von den anderen Flüsterwäldern zurückzogen. Und schließlich nutzte er Me'rinas Verzweiflung aus und gab ihr einen vermeintlichen Heiltrank, der mit dunklem Elfenstaub angereichert war und den Hass in ihr schürte. Sie wurde zu seinem Werkzeug und verhalf ihm, die benötigte Magie zu beschaffen, um das Gefängnis der Dunkelelfen zu öffnen.

»Aber du bist keine Dunkelelfe!«, rief Mirabella.

»Jetzt schon.« Leno verschränkte die Arme. »Und bald auch wieder vereint mit meinem Volk. Ihr könnt mich nicht aufhalten, ich bin viel stärker als ihr.«

Lukas warf einen kurzen Blick zu Ella.

Diese nickte bestätigend. »Durch ihre Verwandlung in Dunkelelfen ist die Magie des Elfenstaubs stärker geworden.«

»Hat da jemand etwa den Chronisten ausgehorcht?«, fragte Leno. »Nun ja, damit hätte ich wohl rechnen müssen. Am Ende wurde es doch noch deutlich knapper, als ich dachte. Wer hätte auch ahnen können, dass ihr ins Flüstermeer taucht und mal eben einen weiteren Heiltrank herstellt. Ich hätte Me'rina raten sollen, *zuerst* die Beschützer auszuschalten und *danach* den Rest der Wälder.«

Mirabella flatterte aufgeregt zu ihrem besten Freund. »Leno, das kannst du doch nicht ernst meinen. Wenn du die Dunkelelfen befreist, werden sie uns wieder angreifen. Dann beginnt alles von vorne. Für sie sind seit dem alten Krieg nur Sekunden vergangen.«

»Eben.« Leno grinste böse und warf dunklen Elfenstaub auf sie.

Es gab einen Knall und Mirabella wurde durch die Luft geschleudert. Bewusstlos landete sie auf dem Boden.

Rani eilte zu ihr, zog seinen Lockenwickler-Stab aus dem Fellbeutel und ließ ihn über sie gleiten. »Sie atmet noch.«

»Wie kannst du nur!«, hauchte Felicitas.

»Das ist das Schöne, ich kann alles. Und *darf* alles. Wir Dunkelelfen scheren uns nicht um das, was ihr gerne hättet. Eure veralteten Regeln. Wer stärker ist, gewinnt, das reicht.«

»Klingt für mich nicht so toll«, sagte Lukas. »Sobald ihr keinen Gegner mehr habt, geht ihr aufeinander los. Glaubst du echt, du bist der stärkste Dunkelelf?«

Leno wirkte mit einem Mal verunsichert. Er blickte hinüber zu dem Silberglanzgefängnis, die Augen nachdenklich.

Lukas folgte seinem Blick. Im Inneren des Silberglanzblocks schwebten Hunderte Silhouetten. Wenn das Gefängnis sich öffnete, hätten sie nicht den Hauch einer Chance gegen diese vielen, mächtigen Gegner.

»Ihr mögt Me'rina ja wieder für eure Zwecke eingelullt haben, aber ich weiß, wohin ich gehöre.«

»Zu uns ins Internat«, sagte Felicitas. »Dort sind deine Freunde.« Sie flatterte näher an ihn heran, behielt jedoch immer noch ein wenig Abstand ein. »Du bist keine Dunkelelfe. Das Artefakt hat dich verändert, aber das können wir bestimmt rückgängig machen.«

»Aber ich will gar nicht, dass ihr das tut«, stellte Leno klar.

Sein Blick richtete sich erneut auf den Silberglanzblock, der in Kürze so weit aufgelöst sein würde, dass die erste Dunkelelfe in die Freiheit entweichen konnte.

»Wir können das nicht zulassen«, sagte Ella leise.

»Irgendwelche Ideen?«, fragte Lukas zurück.

»Kannst du ein Kraftfeld um die Schöpfungsapparatur erschaffen?«

»Das im Thronsaal war zu heftig, ich muss mich erst wieder davon erholen.«

Rani kam herbeigestapft und richtete seinen Lockenwickler-Stab auf die Schöpfungsapparatur. »Ich übernehme das.« Als hätte die Nähe der Apparatur es ausgelöst, begann der Stab plötzlich zu summen.

»Ich fasse es nicht«, sagte Lukas.

»Nimm das weg!«, rief Leno. »Ich warne dich.«

Rani fuchtelte mit dem Stab herum. »Gib lieber gleich auf, mein Stab ist viel mächtiger als die Schöpfungsapparatur.«

»Rani«, sagte Lukas warnend. »Das ist …«

»Ich helfe euch.« Der Menok streckte die Brust vor.

»Ihr habt es so gewollt!«, rief Leno in dem Moment und holte aus.

»Nein!« Felicitas schoss auf ihn zu, ihrerseits mit Flügeln voller Elfenstaub.

Beide wirbelten umeinander, stiegen in die Höhe und prallten dort aufeinander.

Hoch über dem Flüsterwald entstand eine Blüte aus

dunkler und heller Magie, urgewaltige Kräfte, die aufeinanderprallten.

»Die Macht eines einzigen Dunkelelfen«, flüsterte Ella.

»Gegen Felicitas von Siebenstern, die das Herz des Waldes in sich trug und noch immer einen Teil davon besitzt«, sagte Lukas. »Los, zur Apparatur!«

Während Rani den summenden Lockenwickler-Stab untersuchte, hetzten Ella und Lukas gemeinsam zur Schöpfungsapparatur.

Es musste ihnen gelingen, die Öffnung des Gefängnisses zu stoppen.

Hoch über ihnen kämpfte Felicitas gegen Leno.

Der Schein ihrer Magie erhellte das Gefängnis der Dunkelelfen, die seit langer Zeit dort ruhten und darauf lauerten, wieder zurückzukehren.

Schatten gegen Licht

Lukas

Der Kampf über ihnen erfolgte so schnell, dass Lukas nicht mehr erkennen konnte als zwei leuchtende Silhouetten, die umeinander herumflogen. Funken sprühten, Wind tobte, Magie prallte aufeinander.

Gemeinsam mit Ella kniete er sich neben die Schöpfungsapparatur und betrachtete sie genauer.

Sie wussten, dass die Zauberin ein Element neu hinzugefügt hatte, es war ihnen in der Werkstatt des Professors aufgefallen. Es handelte sich um ein kleines Kästchen aus Metall mit allerlei Symbolen darauf. Und schließlich hatten sie auch gefunden, was sie suchten.

Als Lukas es berührte, spürte er einen elektrischen Schlag. »Au!«

»Sie hat es wohl gesichert.« Ella zog ihre Hand zurück. »Wenn wir die Apparatur in die Herzburg bringen, kann die Zauberin sie hoffentlich wieder korrekt einstellen.«

Lukas warf einen Blick auf das Gefängnis der Dunkelelfen. »Dafür reicht die Zeit nicht aus. Bis wir zurück sind, ist locker die Hälfte des Gefängnisses geschmolzen.«

Über ihnen wurde Felicitas zurückgeschleudert und krachte in die Palastruinen aus schwarzem Glas. Splitter regneten herab.

»Ich probiere etwas.« Ella schnappte sich einen der größeren Glassplitter, holte aus und schlug damit auf das Kästchen an der Schöpfungsapparatur ein.

Erneut gab es einen Funken. Ella wurde zurückgeschleudert.

»Ella!« Lukas half ihr auf.

»Wow, das war heftig. Dieses Ding ist wirklich gut gesichert. Die Zauberin hat an jede Art von Magie gedacht.«

Sie kehrten zurück zur Schöpfungsapparatur.

Inzwischen ragte bereits die Spitze eines Elfenflügels aus dem Silberglanzgefängnis hervor. Es durfte doch einfach nicht sein, dass sie so kurz vor dem Ziel scheiterten. Hinter dem schwarzen Glas der Palastruine loderte es grell auf.

Lukas warf einen Blick dorthin, hoffentlich ging es Felicitas gut.

Als er sich wieder umdrehte, stand Rani vor ihm.

»Ich werde euch helfen und den Tag retten.« Er nahm den Lockenwickler-Stab und betätigte einen Knopf. Als der Stab summte, stieß Rani ihn auf das Metallkästchen.

»Rani, nein!«, rief Lukas.

Ein Blitz zuckte.

Und das Kästchen viel zu Boden.

Im gleichen Augenblick stoppte die Schöpfungsapparatur die Abgabe der Magie. Verdutzt starrten Ella und Lukas auf den Menok. Er hielt den rauchenden Lockenwickler-Stab in der rechten Hand und drückte mit dem Greifschwanz auf den Knopf.

»Er ist kaputt, das war zu viel Magie.« Rani klappte seine Ohren herab.

»Aber damit hast du uns tatsächlich gerettet.« Lukas konnte nicht fassen, dass er das gerade wirklich sagte. Ein Lockenwickler-Stab hatte den Flüsterwald soeben vor der Rückkehr der Dunkelelfen bewahrt.

Ella brach in schallendes Gelächter aus. Sie zog Rani in eine Umarmung und begann damit, ihn zu knuddeln.

Zweifellos würde der Menok ein neues Spielzeug finden.

Felicitas sauste über die Ruinen, beschrieb einen Bogen

und kam zu ihnen zurück. Hinter ihr, getragen von Magie aus hellem Elfenstaub, schwebte der bewusstlose Leno.

»Du hast es geschafft, das war großartig«, begrüßte Lukas sie freudig.

»Es war ein harter Kampf.« Die Wangen der Elfe färbten sich vor Freude rot. »Und ihr habt die Schöpfungsapparatur ausgeschaltet.«

Stöhnend erwachte Mirabella von Sommerlicht. Als sie zu ihnen geflogen kam, sah sie den leblosen Leno.

»Ihm geht es gut«, sagte Felicitas. »Er ist nur bewusstlos. Das Herz des Waldes findet hoffentlich eine Möglichkeit, ihn zu heilen.«

Das Schmelzen des Silberglanzblock-Gefängnisses hatte aufgehört, die Dunkelelfen waren nach wie vor sicher verwahrt. Doch jetzt galt es, die Magie in den Flüsterwald zurückzubringen und die Versteinerungen rückgängig zu machen.

Sie kehrten im Blitzflug mit der Apparatur zurück in die Herzburg und das gerade rechtzeitig. Das Flugpulver verlor einen Meter über den Zinnen seine Wirkung, und Ella, Lukas und Rani plumpsten auf sie herab. Von hier aus begaben sie sich in den Thronsaal, wo noch immer die Zauberin in ihrer Blase schwebte.

»Ihr habt es geschafft«, rief Me’rina staunend.

»Kannst du zuerst die Herzseele aus ihrer Versteinerung befreien?«, bat Lukas.

»Natürlich.« Die Zauberin ließ ihre Blase verschwinden, ihr goldener Meerjungfrauen-Schwanz wurde zu Beinen, die in einer goldfarbenen Hose mit Schuppenmuster steckten.

Sie nahm Einstellungen an der Apparatur vor und Sekunden später versprühte sie wieder einen magischen Nebel, der Magie in sich trug. Risse überzogen die Steinkugel, die das Herz des Waldes war. Kurz darauf platzte der Stein ab, als würde es sich um die Schale eines Eies handeln.

Die Waldseele stieg lodernd empor.

»Meine Kraft kehrt zurück«, wisperte das Herz des Waldes. »Ihr habt es geschafft.«

Die Magie floss weiter und das Herz des Waldes lenkte sie hinaus in den Flüsterwald.

Me'rina wandte sich den Freunden zu. »Nachdem die Wirkungen des falschen Heiltranks rückgängig gemacht wurden, ist auch sämtliche Magie erloschen, die mir der Trank verliehen hatte. Die Siegel, die ich über die anderen Flüsterwälder gelegt hatte, sind verschwunden, die fernen Wälder sind nun wieder über die Blinzelbahn angebunden.«

»Ich leite die Magie durch mich hindurch und weiter zu

den anderen Waldseelen«, erklärte das Herz. »Dann können sie ihre Flüsterwälder wieder zum Leben erwecken. Die Waldseelen erwachen bereits.«

Erste Risse bildeten sich auf Dundis, Jacubs und Davids steinernen Statuen.

Ella zog das Reagenzglas mit Jacubs Heiltrank aus ihrer Tasche, den ihr der tschechische Beschützer in der Zwischenzeit zugesteckt hatte. »Dann wird es auch Zeit, die Katzen wieder in ihre ursprüngliche Gestalt zurückzuverwandeln.«

Jacub hatte hier ganze Arbeit geleistet. Das magische Wasser in Kombination mit dem hellen Elfenstaub konnte nicht nur jede Wunde oder Vergiftung heilen. Es sah auch die Verwandlung in eine andere Gestalt als Krankheit an und machte sie rückgängig, es »heilte« den Körper. Die Katzen würden also alle wieder ihre wahre Gestalt als Meerjaner annehmen, ein Tropfen genügte.

»Das kann ich am besten.« Felicitas nahm das Reagenzglas, flog zum Fenster und entkorkte es. Sie ließ ihre Hand darüberkreisen und kurz darauf stieg die Flüssigkeit als Nebel aus dem Reagenzglas empor.

Bereits Sekunden später begannen die ersten Katzen, sich zurückzuverwandeln. Lukas blickte hinunter und atmete auf. Die Magie kehrte in den Wald zurück, Flüsterwald-

Wesen wurden von ihren Versteinerungen befreit, andere bekamen wieder ihre eigentliche Gestalt. Die Siegel, die die Blinzelbahnverbindungen zu den fernen Wäldern blockiert hatten, waren aufgelöst worden und Me'kai war vermutlich bereits dabei, mithilfe des Heiltranks die erkrankten Meerjaner zu heilen.

»Ich werde mich schnellstmöglich um den Riss im Flüstermeer kümmern«, versprach die Waldseele. »Und es gibt noch vieles mehr zu erledigen.«

»Was habe ich verpasst?«, fragte David. Er hatte seine normale Gestalt wieder angenommen und strich sich durch die verstrubbelten, roten Haare.

Das Herz fühlte hinaus und erspürte Punchy. Sie hatte versucht, ihren Clan vom Sonnenrotberg zu Hilfe zu rufen. Auf dem Weg dorthin war sie versteinert worden. Doch bald würde sie wieder zu neuem Leben erwacht sein und zurückkehren.

»Hat mein Heiltrank funktioniert?«, wollte Jacub wissen, der soeben zu sich kam.

Lukas grinste breit. Während Ella den beiden Jungen und Dundi von den Ereignissen berichtete, lehnte er am Fenster und sah zu, wie auch Zoe, Noah und Ajala sich aus ihren Versteinerungen lösten. Er winkte ihnen von oben zu.

Sie hatten es tatsächlich geschafft, einen Weg durch das

Chaos zu finden, und am Ende gewonnen. Gleichzeitig war Lukas nur allzu bewusst, dass es niemals so weit gekommen wäre, hätten sie von Anfang an sorgfältiger hingesehen.

Mirabella war die Einzige, die die ganze Zeit über intensiv nach Leno gesucht hatte. Die Meerjaner hatten mehrfach um Hilfe gebeten, damit der Riss geschlossen und das Meer gereinigt wurde. Doch jeder war so sehr mit sich selbst beschäftigt gewesen, dass die, die Hilfe benötigten, sie nicht bekommen hatten.

»Ich schaue zukünftig genauer hin«, flüsterte Lukas. »Versprochen.«

Doch jetzt überfiel ihn die Müdigkeit. Seine Glieder wurden schwer, er gähnte. Jenseits der Grenzen des Flüsterwaldes machten sich eine Menge Menschen große Sorgen um Ella. Es wurde Zeit, dass sie ihnen die Angst nahmen. »Wir sollten gehen.«

»Auf jeden Fall, meine arme Mutter.« Ella trat an Lukas' Seite.

»Es wird ein paar Tage dauern, bis alle Versteinerungen wieder aufgehoben sind«, sagte das Herz des Waldes. »Dann kannst du deinen Großvater besuchen, Ella. Und natürlich haben wir noch eine Menge zu besprechen. Doch nun ruht euch erst mal aus!«

Gemeinsam mit den anderen Beschützern begaben sich

die Freunde zur Blinzelbahn im Keller der Herzburg. Von dort blinzelten sie sich zum Blinzelbahnknoten für die fernen Wälder. Sie mussten David und Ajala versprechen, sie bald in Amerika und Indien zu besuchen. Der Abschied von Zoe, Noah und Dundi fiel herzlich aus. Sie bedankten sich noch einmal bei Jacub, bevor auch er verschwand.

Ella wollte so schnell wie möglich die Farm der beiden sehen und so verabredeten sie sich für die kommende Woche.

Der Gedanke, dass der australische Flüsterwald nur ein Blinzeln weit entfernt lag, genau wie alle anderen Flüsterwälder, ließ Lukas' Herz schneller schlagen. Es warteten noch eine Menge Abenteuer auf sie.

Doch zuerst ging es zurück nach Winterstein.

Die Heimkehr

Lukas

Rani und Felicitas brachten Ella und Lukas bis zum Rand des Waldes. Von hier aus gingen Ella und Lukas allein zu Fuß weiter. Sie sprangen über den schmalen Fluss und eilten in Richtung der Stadt. Schon aus der Ferne konnte Lukas die Lichtkegel von Taschenlampen sehen; Dutzende von Menschen waren auf der Suche. Hunde bellten.

»Bereit?«, fragte Lukas.

»Bereit«, bestätigte Ella.

Immerhin, dieses Mal war er vorbereitet und hatte sich eine Erklärung für die Schürfwunden überlegt. »Wir sind hier!«

Auch Ella begann zu rufen.

Innerhalb von wenigen Minuten waren sie von Erwachsenen umgeben, ein Polizist war dabei. Er sprach hastig in sein Funkgerät, berichtete davon, dass sie die verschwundenen Kinder gefunden hatten und sie wohlauf seien.

Sie wurden zu einer Menschenansammlung geführt, die um einen Tisch herumstand. Auf dem Tisch lag ausgebreitet eine Straßenkarte.

Plötzlich hatte Lukas einen Becher mit heißem Tee in der Hand, jemand legte behutsam eine Decke um seine Schultern.

Ein Auto stoppte mit quietschenden Reifen. Es war ein gewisser altersschwacher Opel Astra. Seine Eltern und Frau Simbach sprangen heraus.

Schon wurde Ella in eine Umarmung gezogen. »Ich habe mir solche Sorgen gemacht. Was ist passiert? Wo warst du?«, fragte ihre Mutter sie zitternd. Sie hatte glänzende Augen.

Erst jetzt bemerkte Lukas, dass auch Konrektorin Abeni am Tisch stand. Sie lächelte ihm freundlich zu.

»Ich war im Wald spazieren und habe nicht aufgepasst«, erklärte Ella. »Da bin ich einen Abhang heruntergestürzt und war einige Zeit bewusstlos. Als ich wieder zu mir kam, habe ich festgestellt, dass mein Handy keinen Empfang hat und den Weg nicht mehr gefunden. Aber Lukas hat mich gesucht und mir geholfen.«

Alle Blicke wandten sich ihm zu. Lukas' Wangen wurden heiß. »Äh, jap. Ich konnte sie ja nicht liegen lassen. Also im Wald.«

Frau Simbach stürzte auf ihn zu, zerquetschte ihn fast in einer Umarmung und sagte schluchzend: »Ich bin so froh, dass Ella dich kennengelernt hat.«

Nun ließ sich auch seine Mutter nicht mehr nehmen, ihn zu umarmen. »Ich bin so stolz auf dich«, rief sie und fuhr ihm durch die Haare.

»Mom«, sagte Lukas leise. »Peinlich.«

»Natürlich ist es das«, erwiderte sie und tätschelte seine Schulter. »Ich bin wirklich froh, wenn diese Schubphase vorbei ist.«

Verdutzt starrte er sie an.

Ella trat zu ihm, grinste frech und sagte leise: »Du machst dich gut als Menok.«

»Dankt man so seinem großen Retter?«, gab er ebenso frech zurück.

»Vielleicht musst du in der Theater-AG bald nicht mehr meinen Tee servieren.«

»Wie großzügig Ihr seid, Madame.«

Konrektorin Abeni klatschte in die Hände. »Es freut

mich sehr, dass alles so gut ausgegangen ist. Und wenn ich mir euch beide so ansehe, solltet ihr dringend ins Bett. Alles Weitere lässt sich bestimmt morgen besprechen.«

Die Suchmannschaft packte zusammen.

Gemeinsam quetschten sie sich in das Auto von Lukas' Eltern und brachten die Simbachs nach Hause. Dann ging es auch für Lukas und seine Eltern zurück ins Herrenhaus. Dort warteten bereits Tante Stephanie und Lisa auf sie.

Lukas' kleine Schwester hatte gerötete Augen und wollte ihn gar nicht mehr loslassen. Das war nett, aber auch peinlich. Er ließ es über sich ergehen, bis sie schließlich einschlief.

»Mach das nie wieder«, bat Tante Stefanie Lukas. »Da stehe ich in der Küche und bereite dir einen Tee zu, und als ich zurück nach oben komme, warst du fort.«

»Tut mir sehr leid«, sagte Lukas. »Ich habe mir solche Sorgen um Ella gemacht, dass ich nicht nachgedacht habe.«

»Das ehrt dich«, kam es von seinem Pa. »Und ich bin stolz. Du warst mutig und hast jemandem in Not geholfen. Beim nächsten Mal nimmst du aber eine erwachsene Person mit. Stell dir nur vor, dir wäre auch etwas passiert. Was dann? Dieser seltsame Wald ist irgendwie schwer zugänglich und größer als gedacht.«

»Und es wundert mich gar nicht, dass Ellas Handy nicht

funktioniert hat«, kam es von Tante Stefanie. »Mein Navi hat auf dem Weg hierher ja auch verrücktgespielt.«

Lukas ließ all diese Bemerkungen unkommentiert. Der Flüsterwald war eben etwas Besonderes und würde es immer bleiben. Er brannte schon jetzt darauf, dorthin zurückzukehren und noch mehr zu entdecken.

Bedauerlicherweise schlief er wirklich beinahe im Stehen ein. Mit letzter Kraft schleppte er sich die Treppe nach oben.

»Ich schwöre es euch, ich schließe ein Hoodie-Abo ab, der Junge verschleißt sie alle«, hörte er noch seine Mutter sagen.

Immerhin hatte Tante Stefanie beschlossen, ab sofort im Wohnzimmer zu schlafen. Vermutlich, um auf diese Art weitere nächtliche Streifzüge zu verhindern, denn unbemerkt kam niemand aus der Wohnungstür. Wenn sie nur wüsste.

Grinsend betrat er sein Zimmer, warf sich aufs Bett und schlief sofort ein. In seinen Träumen sah er Jul als Taube aufgeregt herumfliegen. Ältere Flamingo-Zauberschwingen standen am Rand eines Sees, der in Wahrheit ein Pfad ins Flüstermeer war.

Als Lukas die Augen wieder aufschlug, war es bereits zwölf Uhr mittags. Die Schule war fast vorbei und seine

Eltern hatten ihn nicht geweckt. Sehr ungewöhnlich für einen Dienstag.

Er tapste nach unten ins Wohnzimmer, wo seine Mutter mit seiner Tante im Schneidersitz saß und meditierte.

»Lukas«, rief Tante Stefanie sofort, als sie ihn bemerkte, »ja so was, da müssen wir die Meditation jetzt leider abbrechen.«

Seine Mutter öffnete die Augen und wirkte genervt. »Wo sie dir doch so viel Spaß gemacht hat. So wirst du deine innere Mitte niemals finden.«

»Sehe ich bei dir jetzt auch nicht so unbedingt.«

Bevor die beiden in eine typische geschwisterliche Streiterei ausbrechen konnten, stürzte Lukas sich auf die frischen Brötchen.

Seine Tante berichtete ihm, was am Tag zuvor geschehen war: Kurz nach Lukas' Verschwinden war die Polizei aufgetaucht, die ihn nach Ellas Lieblingsplätzen befragen wollte. Dabei stellten sie fest, dass Lukas ebenfalls verschwunden war, und bis zum Abend suchte ganz Winterstein die beiden.

Natürlich nicht alle Bewohner Wintersteins, ein paar hatten glücklicherweise geschlafen und mit ihren Träumen unwissentlich das Herz des Waldes unterstützt.

Der Direktor war leider so aufgelöst, dass Konrektorin

Abeni in der Schule das Zepter in die Hand nahm, Befragungen durchführte und eine freiwillige Suchmannschaft koordinierte.

Frau Simbach hatte die Zeit mit Lukas' Eltern verbracht. Zukünftig würden sich die Mütter zweimal die Woche treffen und meditieren.

Obendrein hatte es in dieser Nacht ein paar Erdbeben gegeben, sie hatten jedoch keinen ernsthaften Schaden angerichtet.

»Du hast die aufregenden Stunden verpasst«, sagte seine Mutter.

Lukas hätte sich beinahe vor Lachen am Brötchen verschluckt. »Ich habe eben ein total gewöhnliches Leben«, sagte er grinsend und dachte dabei an die Blinzelbahn, Flugpulver und Angreiferkatzen.

Während seine Tante und seine Mutter sich unterhielten, öffnete er seine Handfläche und erschuf mit seiner Magie ein winziges Kraftfeld.

»Total langweilig«, sagte er leise.

Die Wasserglaszitadelle

Lukas

Die folgenden Tage waren ereignisreich und vergingen wie im Flug. Sie wurden von der Polizei befragt, ihre Mitschüler belagerten sie und Ellas Mutter ließ ihre Tochter nicht mehr aus den Augen.

Erst am Wochenende gelang es Lukas und Ella, wieder in den Flüsterwald zurückzukehren, wo sich eine Menge getan hatte.

Rani, Felicitas und Punchy, die ebenfalls wieder aus ihrer Versteinerung erlöst worden war, begrüßten sie im Baumhaus. Von dort reisten sie mit der Blinzelbahn zum See der Meerjaner.

Eine neugierige Taube purzelte fast vom Himmel und flatterte aufgeregt um sie herum, bevor Jul seine menschliche Gestalt annahm. Auch seine Mutter Nara kam vom Felsen, der fortan über dem See schwebte, zu ihnen herunter. Doch sie waren nicht die einzigen Flüsterwaldwesen. Am Ufer des Sees hatten sich zahlreiche Blinzelingenieure versammelt, darunter auch Pirt und Trip, die ihnen bei der Suche nach dem verborgenen Meisterschlüssel geholfen hatten.

Lukas schaute sich sorgenvoll um. »Sollten wir nicht erst mal wieder Elfenohren bekommen?« Er tippte an seine Ohren.

Felicitas drehte aufgeregt einen Looping. »Ihr braucht keine mehr. Der Rat des Flüsterwaldes ist zusammengekommen und hat euren heldenhaften Einsatz gewürdigt. Ihr seid ab sofort anerkannte Beschützer des Waldes und dürft jederzeit hierherkommen. Selbst die Warks dürfen euch nichts tun.«

»Das ist ja fantastisch.« Lukas fiel ein Stein vom Herzen. Nie wieder musste er sich vor den Warks fürchten. Oder ihrer Magie.

»Das ist noch nicht alles«, schaltete sich Punchy ein. »Die Magie ist mittlerweile überallhin zurückgekehrt und das hat weitaus größere Folgen, als wir dachten. Es wurden nämlich *alle* versteinerten Wesen befreit. Auch jene aus der Zeit des dunklen Magiers.«

Lukas erinnerte sich daran, dass er auch vor dem Auftauchen der bösen Zauberin bereits mehrfach auf versteinerte Wesen gestoßen war: bei seinem allerersten Flüsterwald-Besuch, aber auch auf der Suche nach dem verschwundenen Professor. Erst bei ihrer Reise durch das Portal der Zeit hatten sie erfahren, dass der dunkle Magier Experimente durchgeführt und dabei auch Flüsterwald-Wesen versteinert hatte.

Doch auch sie waren jetzt wieder zurückgekehrt.

»Wie schön.« Ella atmete befreit aus. »Es sind alle wieder da, wo sie hingehören.«

Lukas bemerkte erst jetzt, dass die Blinzelingenieure alle auf den See hinausblickten. In dessen Mitte schwamm ein gläsernes Gebäude.

»Seht mal«, sagte Lukas überrascht und deutete hinaus auf den See. »Was hat es damit auf sich?«

»Das ist die Wasserglaszitadelle, ein Ort, der den Frieden im Flüsterwald sichern soll«, sagte Felicitas. »In eurer Abwesenheit ist viel passiert: Das Herz des Waldes hat den Riss im Flüstermeer geschlossen. Me'kai ist es zudem gelungen, mithilfe des Heiltranks alle Meerjaner zu heilen. Die Blinzelingenieure wiederum haben eine Apparatur gebaut, die das Wasser von Müll und Gift reinigt. Es wird ein wenig dauern, bis das ganze Meer sauber ist, aber die Stadt der Meerjaner dürfte in einigen Wochen so weit sein. Me'rina und Me'jana sind so dankbar, wie sich alles entwickelt hat, und laden uns ein, sie jederzeit zu besuchen.«

Felicitas deutete erneut auf die Wasserglaszitadelle. Währenddessen ließ Rani sich in den Sand plumpsen, bohrte sich mit dem Greifschwanz im Ohr und lauschte den Erklärungen der Elfe.

»Damit Gefahren zukünftig früher entdeckt werden, hat der Rat hier die Wasserglaszitadelle erschaffen. Hier werden sich künftig Vertreterinnen und Vertreter der Zauberschwingen, der Erdbewohner und der Wasserbewohner treffen. Zusammen werden sie über Probleme beraten und Lösungen entwickeln.« Felicitas' Wangen färbten sich rot. »Mirabella und ich durften gemeinsam die Blumen auswählen. Ihr müsst euch die Wasserglaszitadelle unbedingt bald mal von innen ansehen, sie ist wunderschön.«

Lukas glaubte es ihr sofort. Die Türme wirkten luftig und sphärisch, hell und freundlich. Auf der Außenseite waren verschiedene Blumenarrangements zu erkennen. Vermutlich gab es einen Unterwasserzugang für die Meerjaner.

»Was ist mit Leno passiert?«, fragte Ella.

»Mirabella ist bei ihm«, erwiderte Felicitas. »Dein Großvater ist vor langer Zeit bei einem seiner Streifzüge durch den Flüsterwald auch auf so ein Artefakt der Dunkelelfen gestoßen, Ella. Deshalb ist er mit der Wirkungsweise vertraut. Es ist ihm gelungen, die Flügel von Leno wieder zu säubern. Er hat sich in eine gewöhnliche Elfe zurückverwandelt. Leider kann er sich nicht mehr erinnern, wie er auf den Wandelwürfel gestoßen ist oder wo er zu finden ist.«

Der Gedanke, dass noch weitere Artefakte der Dunkelelfen irgendwo im Flüsterwald lauerten, machte Lukas unruhig. Sie waren nach wie vor dort draußen. Und wehe, jemand stolperte über sie.

Doch das waren Gedanken für eine andere Zeit. Jetzt wollte er sich einfach freuen, dass alles so gut gelaufen war.

»Ich habe dem Katzenwald einen Besuch abgestattet«, schaltete sich Punchy ein. »Dort geht es allen gut. Auch die alten Königinnen in den Katakomben sind wohlauf. Sie sind dankbar, dass wir den Diebstahl der Magie rückgängig machen konnten. Es sollen zukünftig immer mal wieder Katzen zwischen den Wäldern wechseln, damit wir mehr Kontakt bekommen.«

»Das ist gut«, sagte Ella. »Gemeinsam können wir viel

mehr erreichen. Und eine Gefahr von außen kann uns nicht so viel anhaben, wenn wir zusammenhalten.«

Ohne die Unterstützung von David, Jacub, Noah, Zoe und Ajala hätten sie die Zauberin niemals aufhalten können. Nicht zu vergessen Dundi.

Nara kam in ihrer Menschengestalt beschwingt auf sie zu. Sie trug wie immer eine Lederhose, darüber eine weiße Stoffbluse. An ihrem Gürtel waren Lederbändchen mit farbigen Steinen befestigt. Jeder Stein stand für eine Vogelart der Zauberschwingen. Nara war ihre Vertreterin, die aktuelle Anführerin des gesamten Volkes der Zauberschwingen.

»Wie ich höre, habt ihr uns gerettet. Eine brillante Idee, den Felsen über den See zu lenken. Die Magie strömt nach oben und stabilisiert unsere Heimat.«

»Es war Teamwork«, sagte Lukas.

Nara lächelte. »Da habe ich keinen Zweifel. Und wie ich spüre, ist die Blinzelmagie endgültig von dir angenommen worden, Ella.«

»Das kann man wohl so sagen«, bestätigte Ella zögerlich. »Oder wollt ihr sie zurückhaben?«

»Sie ist dort, wohin sie gehört«, sagte Nara. »Und Magie lässt sich nicht wieder aus einer Seele herauslösen. Du bist für immer damit verbunden, so wie Lukas mit der Siegelmagie eins geworden ist. Ihr beide seid jetzt auch magische Wesen. Eure Magie wird wachsen und ihr werdet erst noch lernen müssen, sie richtig zu lenken. Andernfalls wird sie sich auf ihre Art bemerkbar machen.« Nara blickte abrupt in die Höhe. »Jul, nein, ich habe gesagt: Nicht nach Winterstein!« Sofort verwandelte sich ihr Körper und sie schoss in die Höhe.

»Was hat sie damit gemeint?«, fragte Ella. »*Bemerkbar machen* klingt nicht gut.«

»Jetzt mach dir keine Sorgen«, sagte Lukas. »So schlimm kann es nicht werden.«

Ein lautes Schnarchen ließ Felicitas, Punchy, Ella und Lukas zur Seite blicken. Rani hatte sich eingerollt und schlief. Beim Anblick des pelzigen Kringels wurde es Lukas warm ums Herz.

»Oh«, sagte die Elfe. »Das ist der Übergang zu einer neuen Phase, ein Schubschlaf. Sobald er aufwacht, ist er in die nächste Phase eingetreten.«

Lukas beugte sich hinab und barg den Menok in seinen Armen. »Ich kann es kaum erwarten.«

»Das alles hier ist mega«, sagte Ella. »Aber jetzt will ich meinen Großvater sehen.«

»Aber natürlich.« Felicitas stieg in die Luft. »Er hat auch schon nach dir gefragt. Auf zum Baumgefängnis.«

Die Freunde begaben sich zur Blinzelbahn.

Am Ziel würde Ella ihren Großvater endlich wieder in die Arme schließen können.

Ein Blick in die Zukunft

Lukas

Ella musste nicht lange auf die Umarmung warten. Nachdem sie die Werkstatt des Professors betreten hatten, schaffte Ella gerade mal ein »Hallo, Gro…«, als sich kräftige Arme um sie schlossen.

»So knapp war es bisher noch nie.« Der Professor betrachtete Ella liebevoll, erst danach begrüßte er die anderen. »Ich bin froh, dass es euch allen gut geht. Ich sehne den Tag herbei, an dem ich dieses Gefängnis endlich verlassen kann.«

Lukas nahm sich im Stillen vor, die übrigen Beschützer oder Waldseelen nach Ideen zu befragen, wie sich das magische Gefängnis aufheben ließ. Der Professor hatte lange genug hier festgesessen.

Abwechselnd berichteten sie ihm, wie es ihnen ergangen war, nachdem die Schöpfungsapparatur in seiner Werkstatt losgegangen war und ihn zu Stein hatte erstarren lassen. Bisher hatte er lediglich gewusst, dass es ihnen allen gut ging und er Leno von dunklem Elfenstaub befreien sollte.

»Dann bricht nun wohl eine Zeit der Verbindungen an«, sagte Ellas Großvater zufrieden, als sie geendet hatten. »Abgesandte der Flüsterwälder werden sich gegenseitig besuchen und die Blinzelbahn zu den fernen Wäldern ist wieder offen. Ihr wisst, was das heißt.«

Der Professor drückte einen Knopf an einer Fernbedienung, wodurch eine Roboterhand sich von der Decke ausklappte, Tassen verteilte und Tee eingoss. Rani lag mit dem Bauch auf einem flauschigen Kissen und schnarchte.

»Was genau meinst du?«, fragte Ella.

»Es gibt unzählige Gefahren, die in den Flüsterwäldern schlummern. Solche, von denen wir noch nie gehört haben. Einige werden sicher den Weg hierher finden.«

»Oder in den anderen Wäldern zuschlagen«, sagte Lukas. »Aber dann werden wir den anderen Beschützern helfen. Oder sie uns. Ab jetzt ist niemand mehr allein.«

Sie tranken schweigend ihren Tee.

»Die Dunkelelfen also.« Die Stimme des Professors nahm einen kratzigen Klang an. »Auch in den verbotenen Tränken auf dem Speicher befindet sich dunkler Elfenstaub«, gab der Professor nach einer kurzen Pause seufzend zu. »Womöglich hat Leno ihn gespürt. Deshalb hat er die Angreiferkatzen geschickt, um die Tränke zu holen. Aber ihr habt sie überrascht. Und da er selbst noch ganz frisch eine Dunkelelfe war, konnte er keine eigenen Tränke herstellen. Er muss also auf einen Fundus aus dunklen Elfenstaubresten gestoßen sein, hat sie sich überall dort zusammengesucht, wo sie noch zu finden waren. Es ist wohl Glück, dass die Elfen damals den Krieg gewonnen haben. Nachdem sie ein Gegenmittel entwickelt hatten, waren sie immun gegen den dunklen Elfenstaub, doch wie mir scheint, waren ihre Feinde nicht untätig. Die Dunkelelfen haben neue Artefakte konstruiert, die die Immunität umgehen konnten, und ein solches hat Leno aufgenommen und verwandelt.«

Es klirrte, als Lukas die Tasse abstellte. »Sie haben damals mit dunklem Elfenstaub experimentiert, Professor, nicht wahr?«

Felicitas atmete erschrocken ein. Ella presste die Lippen zusammen, blickte aber zu Boden. Auch sie musste es längst geahnt haben.

»Wie ich euch bereits erzählte, waren wir junge Wissenschaftler, die ständig irgendwo auf Hinterlassenschaften stießen. Ein einziges Mal war auch dunkler Elfenstaub dabei«, bestätigte er. »Natürlich wussten wir damals nicht, um was es sich handelte. Doch die damit hergestellten Tränke erwiesen sich als unberechenbar. Ihr habt selbst erlebt, was der Katzenwandeltrank anrichtet. Es sind die verbotenen Tränke, die ich in dem Geheimfach auf dem Dachboden versteckt habe.«

»Zottelfell, also Leno, hatte den Elfenstaub in seinen Flügeln.« Auch Ella stellte ihre Tasse ab. »Dann hat er mithilfe eines Tranks, der dunklen Elfenstaub enthielt, Me'rina vergiftet und sein Plan hat seinen Lauf genommen.«

Die Zauberin hatte die Angreiferkatzen erschaffen, die Schöpfungsapparatur gestohlen und so war es weitergegangen. Einzig Leno hatte sich gefahrlos in eine Katze wandeln können, weil er gegen die fatale Wirkung des dunklen Elfenstaubs immun war.

»Ich werde den Rest der Tränke zerstören«, entschied der Professor. »Damit sie keinen Schaden mehr anrichten können. Der einzige dunkle Elfenstaub soll jener in Felindes Tresor sein.«

Eine Aussage, die Lukas beruhigte.

Sie plauderten noch ein wenig mit Professor von Thun,

dann blinzelten sie sich zur Herzburg. Im Thronsaal leuchtete das Herz voller Kraft und Energie.

»Es ist schön, euch zu sehen«, wisperte es. »Ihr seid wahre Helden.«

Ranis Antwort war ein lautes Schnarchen.

»Und einige von euch eindeutig müde Helden.« Die Waldseele lachte leise. »Ihr habt die Flüsterwälder gerettet und obendrein ein Unrecht aufgedeckt. Ich werde alles tun, damit es dem Flüstermeer zukünftig besser geht. Und nachdem ihr nun von allen Bewohnern akzeptiert worden seid, habe ich auch eine Überraschung für euch, Lukas und Ella.«

Felicitas flatterte aufgeregt und schien vor Vorfreude zu platzen. Ein eindeutiges Zeichen, dass sie wusste, worum es ging.

»Die anderen Seelen haben zugestimmt, dass ihr ebenfalls die magische Schule der Beschützer besuchen dürft«, erklärte die Waldseele.

»Danke!«, rief Lukas.

Ella schloss sich an. »Aber wir können unsere andere Schule nicht einfach so verlassen.«

»Keine Sorge, die magische Schule ist etwas Besonderes und anders, als ihr jetzt denkt. Es wird eure normale Menschenschule nicht beeinflussen.«

»Schade«, flüsterte Lukas.

»Wie schön«, trällerte Ella und gab ihm einen sanften Ellbogenstupser.

»Ihr werdet dort lernen, mit eurer eigenen Magie richtig umzugehen. Darüber hinaus erhaltet ihr Einblicke in die Geschichte der Flüsterwälder und ihrer Völker. So seid ihr für die nächste Herausforderung gewappnet. Ich gehe stark davon aus, dass sie nur allzu bald auftauchen wird.«

Lukas hatte schon lange auf einen Besuch der magischen Schule gehofft, konnte es aber noch nicht so richtig glauben. Sie würden eine Zauberschule betreten; gemeinsam mit David, Ajala, Zoe, Noah und Jacub lernen. Er konnte es kaum erwarten, wäre am liebsten sofort losgestürmt. »Wann geht es denn los?«

»Im neuen Jahr«, erklärte das Herz des Waldes.

Glücklicherweise würde es bis dahin nur noch wenige Wochen dauern. Da es sonst nichts mehr zu besprechen gab, kehrten sie ins Baumhaus zurück. Dort machten sie es sich gemütlich und plauderten noch ein bisschen weiter.

Rani schlief und schnarchte dabei laut.

Felicitas warf einen Schutzzauber über den Menok, so konnte ihm nichts geschehen. Sie würde später seine Eltern informieren, damit sie ihn abholten. Es geschah wohl häufiger, dass Menok-Kinder in Schubphasen plötzlich irgendwo einschliefen und in den Bau gebracht werden mussten.

Erst spät in der Nacht kehrten Lukas und Ella zurück nach Hause.

Da Lukas eine so anstrengende Woche hinter sich hatte, war Tante Stefanie endgültig auf die Couch umgezogen. Er durfte sein Bett endlich wiederhaben.

Lächelnd schlief Lukas ein.

Handwerker-Attacke

Lukas

Ein lautes Poltern ließ Lukas blinzeln. Es war ein Samstagmorgen – wer konnte so gemein sein? Er stapfte zur Tür und riss sie auf.

Sein Pa stand davor. »Du siehst aus wie ein Erdmännchen, das den Schleudergang der Waschmaschine hinter sich hat.« Er deutete auf Lukas' zerzaustes Haar und trat, ohne eine Antwort abzuwarten, ins Zimmer. Dort begutachtete er die Decke.

»Sehr witzig«, sagte Lukas vorwurfsvoll. »Du weißt genau, dass vor dem ersten Kakao nichts geht.«

»Und normalerweise käme ich nie auf die Idee, vorher

hier hereinzuschneien, Eure Morgenmuffeligkeit.« Sein Vater runzelte die Stirn und wandte sich dem Regal zu. Er griff nach den Streben und zog daran.

»Halt!« Lukas war plötzlich hellwach. »Was machst du da?«

Sein Vater verschränkte die Arme. »Siehst du die Risse an der Decke? Die Erdbeben haben hier im Haus Putz gelöst und möglicherweise ein Problem für die Statik verursacht. Deshalb habe ich beschlossen, einen Architekten zu kontaktieren. Er wird sich jeden Raum ansehen und dann … renoviere ich.« Sein Vater nickte zufrieden. »Dein Regal bauen wir Anfang Januar ab, damit ich an die dahinterliegende Wand rankomme.«

Mit diesen Worten spazierte er hinaus.

Lukas starrte ihm hinterher und konnte es nicht fassen. Wenn sein Vater das Regal abbaute und ein Statiker hier alles genau untersuchte, würden sie unweigerlich den Eingang zum geheimen Speicher entdecken. Er wusste, dass sein Pa sich diese Idee nicht mehr ausreden lassen würde.

Ihm blieben lediglich wenige Wochen, um eine Lösung zu finden.

Epilog

Mit der Hand strich er über das raue Metall. Der Geruch von Holz und alter Magie stieg ihm in die Nase. Reste von dunklem Elfenstaub klebten noch an dem Würfel – jedoch nicht genug, um etwas damit anfangen zu können.

»Das war interessant«, erklang eine weibliche Stimme. »Und überaus knapp.«

»Das ist mir bewusst«, sagte er. »Die Macht der Dunkelelfen ist viel zu stark. Ich denke, wir stimmen überein?«

»Vernichte das Artefakt!« Die Stimme war kalt. »Und jedes andere, dessen du habhaft wirst.«

Er lächelte böse. »Ich habe da eine ganz fabelhafte Idee.«

Hoch über ihm wölbte sich eine Decke aus Holzbalken, in die feine Ornamente eingearbeitet waren. Oberhalb der

Decke befand sich eine Erdschicht, auf die ein Gebäude aus Stein gebaut worden war. Er bildete sich ein zu spüren, wie in dem Gebäude über ihm zahlreiche Füße entlangliefen.

Die magische Schule war der perfekte nächste Angriffspunkt.

Das Schöne daran war, dass die Beschützer der Flüsterwälder die Gefahr nicht einmal kommen sahen. Denn sie war längst mitten unter ihnen.

Ende der II. Staffel

Wird Lukas eine Lösung für die Renovierungsarbeiten seines Vaters finden? Welche Gefahr braut sich unter der magischen Schule zusammen? Und was für eine Schubphase steht Rani bevor?

Die Antwort erwartet euch im Auftakt der III. Staffel von »Flüsterwald«.

Andreas Suchanek

streifte als Kind über Abenteuerspielplätze und erschuf im Geist fantastische Welten.
Später wurden diese dann zu Papier gebracht. Er teilt die Schokoladensucht mit Rani.

www.andreassuchanek.de

Timo Grubing,

geboren 1981, studierte Illustration an der FH Münster und lebt seit seinem Diplom 2007 wieder in seiner Geburtsstadt Bochum. Als freier Illustrator bebildert er Kinder- und Jugendbücher, Spiele und Comics und eigentlich alles, was ihm unter den Stift gerät. Dabei trinkt er Kaffee.

www.timogrubing.de

www.instagram.com/timogrubing_illustration/

Mach mit beim großen Flüsterwald-Gewinnspiel!

1. Platz
Flüsterwald-Lesung mit Andreas Suchanek an deiner Schule + Flüsterwald-Hoodie

2.–11. Platz
Flüsterwald-Hoodie + Überraschungspaket

Gewinnspielfrage:

Mit welchem technischen Gerät trägt Rani entscheidend zur Rettung des Flüsterwalds bei?

Und so kannst du mitmachen:

Beantworte die Gewinnspielfrage und schicke uns die Lösung zusammen mit deiner Adresse und Kleidergröße an folgende E-Mail-Adresse:

fluesterwald@ueberreuter.de

Einsendeschluss ist der 31. März 2024

Weitere Infos zum Gewinnspiel und den Teilnahmebedingungen findest du unter:

www.flüsterwald.de/gewinnspiel
www.ueberreuter.de/teilnahmebedingungen